21 世纪高校计算机应用技术系列规划教材

丛书主编　谭浩强

Visual Basic 程序设计
习题解答与上机指导（第二版）

赵万龙　编著

中国铁道出版社
CHINA RAILWAY PUBLISHING HOUSE

内 容 简 介

本书是《Visual Basic 程序设计（第二版）》（赵万龙编著，中国铁道出版社出版）的配套教材，主要包括教程各章中的知识要点、习题解答与习题扩充、上机实验等内容。知识要点主要将教程每章中内容的要点、难点做一个简单的概括；习题解答将教程每章的习题给出一个参考答案；习题扩充部分扩充了各章节中的习题内容；在每章的最后是完整的上机实验，目的是为了增强用户对 Visual Basic 程序设计上机实践的能力。

通过实验读者可掌握 Visual Basic 可视化程序设计的思想和方法，巩固教程所学知识，培养实际编程能力。

本书适合作为高等院校非计算机专业学生学习 Visual Basic 语言的教材，也可作为各类 Visual Basic 培训班教材，还可供 Viaual Basic 初学者自学使用。

图书在版编目（CIP）数据

Visual Basic 程序设计习题解答与上机指导/赵万龙编著. —2版. —北京：中国铁道出版社，2008.6
（21世纪高校计算机应用技术系列规划教材）
ISBN 978-7-113-08791-3

Ⅰ. V… Ⅱ. 赵… Ⅲ. BASIC 语言－程序设计－高等学校－教学参考资料 Ⅳ. TP312

中国版本图书馆 CIP 数据核字（2008）第 095396 号

书　　名：Visual Basic 程序设计习题解答与上机指导（第二版）
作　　者：赵万龙 编著

策划编辑：严晓舟　秦绪好　　　　编辑部电话：(010) 63583215
责任编辑：王占清　　　　　　　　封面制作：白　雪
编辑助理：侯　颖　王　彬　　　　责任印制：李　佳

出版发行：中国铁道出版社（北京市宣武区右安门西街8号　　邮政编码：100054）
印　　刷：三河市华丰印刷厂
版　　次：2008 年 8 月第 2 版　　　2008 年 8 月第 1 次印刷
开　　本：787mm×1092mm　1/16　印张：10　字数：222 千
印　　数：5 000 册
书　　号：ISBN 978-7-113-08791-3/TP · 2822
定　　价：16.00 元

21 世纪高校计算机应用技术系列规划教材

21 世纪是信息技术高度发展且得到广泛应用的时代，信息技术从多方面改变着人类的生活、工作和思维方式。每一个人都应当学习信息技术、应用信息技术。人们平常所说的计算机教育其内涵实际上已经发展为信息技术教育，内容主要包括计算机和网络的基本知识及应用。

对多数人来说，学习计算机的目的是为了利用这个现代化工具工作或处理面临的各种问题，使自己能够跟上时代前进的步伐，同时在学习的过程中努力培养自己的信息素养，使自己具有信息时代所要求的科学素质，站在信息技术发展和应用的前列，推动我国信息技术的发展。

学习计算机课程有两种不同的方法：一是从理论入手；二是从实际应用入手。不同的人有不同的学习内容和学习方法。大学生中的多数人将来是各行各业中的计算机应用人才。对他们来说，不仅需要"知道什么"，更重要的是"会做什么"。为此，在学习过程中要以应用为目的，注重培养应用能力，大力加强实践环节，激励创新意识。

根据实际教学的需要，我们组织编写了这套"21 世纪高校计算机应用技术系列规划教材"。顾名思义，这套教材的特点是突出应用技术，面向实际应用。在选材上，根据实际应用的需要决定内容的取舍，坚决舍弃那些现在用不到、将来也用不到的内容。在叙述方法上，采取"提出问题-解决问题-归纳分析"的三部曲，这种从实际到理论、从具体到抽象、从个别到一般的方法，符合人们的认知规律，且在实践过程中已取得了很好的效果。

本套教材采取模块化的结构，根据需要确定一批书目，提供了一个课程菜单供各校选用，以后可根据信息技术的发展和教学的需要，不断地补充和调整。我们的指导思想是面向实际、面向应用、面向对象。只有这样，才能比较灵活地满足不同学校、不同专业的需要。在此，希望各校的老师把要求反映给我们，我们将会尽最大努力满足大家的要求。

本套教材可以作为大学计算机应用技术课程的教材以及高职高专、成人高校和面向社会的培训班的教材，也可作为学习计算机的自学教材。

由于全国各地区、各高等院校的情况不同，因此需要有不同特点的教材以满足不同学校、不同专业教学的需要，尤其是高职高专教育发展迅速，不能照搬普通高校的教材和教学方法，必须针对它们的特点组织教材和教学。我们在原有基础上，对这套教材做了进一步的规划。

本套教材包括以下五个系列：

- 基础教育系列

- 高职高专系列

- 实训教程系列

- 案例汇编系列

- 试题汇编系列

其中基础教育系列是面向应用型高校的教材，对象是普通高校的应用型专业的本科学生。高职高专系列是面向两年制或三年制高职高专院校的学生的，突出实用技术和应用技能，不涉及过多的理论和概念，强调实践环节，学以致用。后面三个系列是辅助性的教材和参考书，可供应用型本科和高职学生选用。

本套教材自 2003 年出版以来，已出版了 70 多种，受到了许多高校师生的欢迎，其中有多种教材被国家教育部评为**普通高等教育"十一五"国家级规划教材**。《计算机应用基础》一书出版三年内发行了 50 万册。这表示了读者和社会对本系列教材的充分肯定，对我们是有力的鞭策。

本套教材由浩强创作室与中国铁道出版社共同策划，选择有丰富教学经验的普通高校老师和高职高专院校的老师编写。中国铁道出版社以很高的热情和效率组织了这套教材的出版工作。在组织编写及出版的过程中，得到全国高等院校计算机基础教育研究会和各高等院校老师的热情鼓励和支持，对此谨表衷心的感谢。

本套教材如有不足之处，请各位专家、老师和广大读者不吝指正。希望通过本套教材的不断完善和出版，为我国计算机教育事业的发展和人才培养做出更大贡献。

全国高等院校计算机基础教育研究会会长
"21 世纪高校计算机应用技术系列规划教材"丛书主编

谭浩强

第二版前言

　　本书是《Visual Basic 程序设计（第二版）》（简称教程）的配套辅助教材，目的主要是帮助用户更好地学习掌握教程中所介绍的内容。本书保持与教程同步，即与教程所编的章节相同、内容一致，每章由三部分组成：一、知识要点；二、习题解答与习题扩充；三、上机实验。其中：

　　知识要点部分将本章内容的要点、难点做一个简单的概括，帮助用户把本章内容理出一个清晰的知识脉络。

　　习题解答部分将本章中的习题给读者提供一个参考答案，包括解题的思路，界面设计，对象属性的设置，程序代码的编写及程序的调试运行等；习题扩充，对于教程中有的章节需要多做习题才能熟悉其内容，增加了一些习题，并给出了参考答案和解题过程。

　　上机实验部分的内容是为了用户在学习 Visual Basic 程序设计过程中，提高上机实践的能力，每个实验分为实验目的、实验内容和实验步骤三部分内容。

　　实验目的：提出通过本次实验所达到的目的。整个实验就是围绕这些目的而展开的。

　　实验内容：用户上机实践完成的练习题。每个实验的题量稍多一些，可作为读者的上机练习。

　　实验步骤：将实验内容从开始到最后结束，每一步都列出了比较具体的操作步骤、程序代码及必要的分析和注释说明，力求给读者一个操作示范，使用户通过这些例子能够加深对实验内容的理解和掌握，培养和提高用户实际编程的能力。

　　本书的第一版于 2006 年 1 月出版，根据教学工作的需要和读者的意见，在第一版的基础上对其内容做了必要的修订。参与本教材编写及修订的工作人员有：徐燕（第 1 章、第 3 章），周星宇（第 2 章、第 9 章），曹润（第 4 章），朱艺红（第 5 章、第 6 章、第 7 章），赵万龙（第 8 章、第 10 章、第 11 章）。全书由赵万龙进行统稿。在本书的编写过程中，得到了中国铁道出版社计算机图书中心的大力支持和帮助，编者在此表示诚挚的感谢。

　　限于时间和编者的学识水平，教材中不足之处在所难免，敬请读者批评指正。

编　者

2008 年 5 月

第一版前言

本书是《Visual Basic 程序设计》（简称教程）的配套辅助教材，目的主要是帮助用户更好地学习掌握教程中所介绍的内容。本书保持与教程同步，即与教程所编的章节相同、内容一致，由三部分组成：第一部分知识要点；第二部分习题解答，习题扩充；第三部分上机实验。

第一部分知识要点主要将教程中每章内容的要点、难点做一个简单的概括，帮助用户把本章内容理出一个清晰的知识脉络。

第二部分习题解答将教程中每章的习题给读者提供一个参考答案，包括解题的思路、界面设计、对象属性的设置、程序代码的编写及程序的调试运行等；习题扩充，对于教程中有的章节需要多做习题才能熟悉其内容，增加了一些习题，并给出了参考答案和解题过程。

第三部分上机实验，为了提高用户在 Visual Basic 程序设计上机实践的能力，每个实验分为实验目的、实验内容和实验步骤三部分内容。

实验目的：提出通过本次实验所达到的目的。整个实验就是围绕这些目的展开的。

实验内容：用户自己动手上机完成的练习题。每个实验的题量稍多一些，可作为读者的上机练习。

实验步骤：将实验内容从开始到最后结束，每一步都列出了比较具体的操作步骤、程序代码及必要的分析和注释说明，力求给读者一个操作示范，使用户通过这些例子能够加深对实验内容的理解和掌握，培养读者实际编程能力。

参加本教材编写的工作人员有：徐燕（第一部分第 1 章、第 3 章，第二部分第 1 章、第 3 章，第三部分第 1 章、第 3 章），周星宇（第一部分第 2 章、第 9 章，第二部分第 2 章、第 9 章，第三部分第 2 章、第 9 章），曹润（第一部分第 4 章，第二部分第 4 章，第三部分第 4 章），朱艺红（第一部分第 5 章至第 7 章，第二部分第 5 章至第 7 章，第三部分第 5 章至第 7 章），赵万龙（第一部分第 8 章、第 10 章、第 11 章，第二部分第 8 章、第 10 章、第 11 章，第三部分第 8 章、第 10 章、第 11 章）。

在本教材的编写过程中，得到了中国铁道出版社计算机图书中心的大力支持和帮助，编者在此表示诚挚的感谢。限于时间和编者的学识水平，教材中不妥之处在所难免，敬请读者批评指正。

编　者

2005 年 11 月

目录

第 1 章 | Visual Basic 概述

Visual Basic 是一种新型的可视化 BASIC 编程语言，与传统语言相比，在内容和功能方面有重要的改进和突破。

1.1 知识要点

1. Visual Basic 的优势和特点

（1）可视化（Visual）的程序设计工具
（2）面向对象的程序设计思想
（3）编程采用"事件"驱动的机制

2. Visual Basic 的版本

（1）Visual Basic 学习版
（2）Visual Basic 专业版
（3）Visual Basic 企业版

3. Visual Basic 6.0 集成开发环境的组成

（1）标题栏
（2）菜单栏
（3）工具栏
（4）工具箱
（5）窗体窗口
（6）工程资源窗口
（7）属性窗口
（8）代码窗口

4. Visual Basic 6.0 的软、硬件环境

（1）软件环境

Windows 95 或 Windows NT 3.51 及以上版本，使用中文版 Visual Basic 时，需要中文版的 Windows 操作环境。

（2）硬件环境

Pentium 及以上的处理器；至少 16MB 内存；100MB 以上的硬盘可用空间。

5. 启动 Visual Basic 6.0

在安装有 Visual Basic 6.0 的计算机上，启动 Visual Basic 6.0 的步骤如下：

第一步：单击 Windows 桌面左下角的"开始"按钮，在"开始"按钮的上方显示的是"开始"菜单，用鼠标指向菜单中的"所有程序"后，在其右侧自动弹出二级菜单，将光标平移到二级菜单中的"Microsoft Visual Basic 6.0 中文版"上，此时右侧再弹出程序组，如图 1-1 所示。

图 1-1　"开始"菜单的程序组

第二步：在程序组中用鼠标选中其中的"Microsoft Visual Basic 6.0 中文版"菜单项，单击即可启动 Visual Basic 6.0 并进入集成开发环境，如图 1-2 所示。

图 1-2　进入 Visual Basic 6.0 集成开发环境

6. 最简单的应用程序操作步骤

第一步：设计用户使用的界面。

第二步：设计界面上各个控件的属性。

第三步：编写程序代码。

第四步：调试、运行程序，保存工程、窗体文件。

1.2　习题解答与习题扩充

【1-1】Visual Basic 有哪几种版本？上机操作使用的是哪一种版本？

【解】

（1）Visual Basic 一般有三种版本，分别是 Visual Basic 学习版、Visual Basic 专业版、Visual Basic 企业版。

（2）学习版对于那些学习、了解 Visual Basic 基本内容和功能的用户是适合的。通过学习版，可以很轻松地学习和掌握 Visual Basic 的基本功能和开发 Windows 应用程序的技术。

（3）专业版为专业编程人员提供了一套功能齐全的软件开发工具。专业版包括了学习版的全部功能，还增加了 ActiveX 控件、集成可视化数据工具和数据环境等专业开发功能块。

（4）企业版为编程人员提供了开发功能更加强大的应用程序。企业版包括了专业版的全部功能。

【1-2】如何启动和退出 Visual Basic？

【解】

（1）常用的启动 Visual Basic 方法：单击 Windows 的"开始"按钮，在"开始"按钮的上方显示"开始"菜单，用鼠标指向菜单中的"所有程序"后，在其右侧自动弹出二级菜单，将光标平移到二级菜单中的"Microsoft Visual Basic 6.0 中文版"上，此时右侧再弹出程序组，在程序组中用鼠标单击其中的"Microsoft Visual Basic 6.0 中文版"菜单项，就启动了 Visual Basic 6.0 并进入集成开发环境。

（2）常用的退出 Visual Basic 方法：如果在 Visual Basic 集成开发环境下，设置了窗体界面，编写了程序代码，要对所设置的窗体界面和编写的程序代码分别进行保存，然后就可以单击标题栏上的"关闭"按钮，退出 Visual Basic。

【1-3】Visual Basic 6.0 集成开发环境的组成有哪些？

【解】Visual Basic 6.0 集成开发环境的组成如下：

（1）主窗口：标题栏、菜单栏、工具栏。

（2）工具箱：位于主窗口的左下方，它提供的是在设计应用程序界面时需要使用的常用工具。

（3）窗体窗口：在主窗口的正中间，它主要用来设计应用程序的"画板"。

（4）工程资源窗口：在窗体窗口的右上方，它所显示的是当前应用程序中所包含的所有文件列表。在工程资源窗口的上部，有 3 个按钮，分别用于"查看代码"、"查看对象"和"切换文件夹"。

（5）属性窗口：在工程窗口的下面，用户在窗体窗口中"画"出的每一个工具（即控件），在这里都可以为其设置属性。

（6）代码窗口：在窗体窗口中，双击窗体窗口或双击窗口中的任意一个控件，都可以打开代码窗口。

【1-4】将【操作实例 1-1】（见主教材 1.7 节）按照书中叙述的操作步骤在计算机上实验一次。

【解】略

【1-5】设计一个用户操作界面和设计程序代码。具体操作可分为几个步骤来完成？具体的操作步骤是什么？

【解】设计一个用户操作界面和设计程序代码，具体操作可分为如下四个步骤来完成：

（1）用户界面

使用工具箱中的控件，在窗体上按用户需求设计用户界面。用户界面由窗体和控件两部分组成。窗体就是进行界面设计时在其上面"画"控件的窗口。

（2）窗体或控件属性的设置

针对窗体或某一个控件，在其对应属性窗口中进行属性值的设置，用户也可在程序代码中对它们进行设置或修改。

（3）编写事件过程代码

事件过程指的是一组 Visual Basic 语句。一个事件过程是为响应一个对象的"事件"所进行的操作。比如，"单击"事件，当单击命令按钮时，就执行相应的过程以完成相应的操作。

（4）保存程序文件

保存窗体文件时，选择"文件"→"保存 Form1"命令，在屏幕上出现一个对话框，系统提供一个供用户选用的窗体文件名 Form1，如果不想用这个名称，可以输入自己指定的文件名，然后用鼠标单击"保存"按钮，此时，窗体文件就被保存了。

如果 Visual Basic 的一个工程包含多个窗体，则用上述方法分别保存了各个窗体文件之后，还需要保存一个工程文件。选择"工程另存为"命令，在出现的"文件另存为"对话框中，输入工程文件名，单击"保存"按钮即可。

【1-6】脱离 Visual Basic 环境应用程序怎样运行？

【解】若使应用程序不在 Visual Basic 集成环境中运行，要对应用程序进行编译，生成.exe 文件。具体操作过程如下：

（1）在菜单栏中选择"文件"，打开下级子菜单，选择"生成工程 1.exe"菜单命令。

（2）在出现的对话框中，输入用户自己想要的文件名，然后单击"确定"按钮，关闭对话框，一个.exe 文件就生成了。

（3）如果需要运行编译后的程序，可以选择 Windows 下的资源管理器或"我的电脑"窗口中找到该文件，然后双击文件名即可执行。也可以选择"开始"→"运行"命令，在弹出的对话框中输入有路径的可执行文件名运行它。

1.3　上机实验

任务一：安装 Visual Basic 6.0 系统

【实验目的】

由于本教程中的内容、例题以及习题都是在 Windows XP 环境下用 Visual Basic 6.0 中文企业版编写和开发的。因此以安装 Visual Basic 6.0 中文企业版为例。

【实验内容】

1. 安装 Visual Basic 6.0 系统。

2. 软件环境：Windows 95 或 Windows NT 3.51 及以上版本。使用中文版 Visual Basic 时，需要中文版的 Windows 操作环境。

3. 硬件环境：Pentium 及以上的处理器；至少 16MB 内存；100MB 以上的硬盘可用空间。

【实验步骤】

第一步：将 Visual Basic 6.0 系统光盘放入光盘驱动器中，自动读光盘或双击 SETUP.EXE 安装文件，即可启动 Visual Basic 6.0 中文企业版安装向导，如图 1-3 所示。

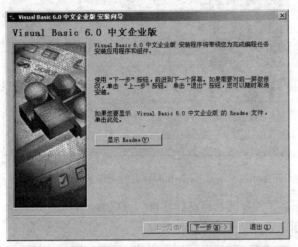

图 1-3   Visual Basic 6.0 中文企业版安装向导

第二步：接受最终用户许可协议，单击"下一步"按钮，如图 1-4 所示。

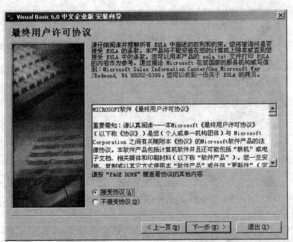

图 1-4   Visual Basic 6.0 中文企业版安装向导步骤二

第三步：输入正确的产品号和用户 ID，以及姓名和公司名称，如图 1-5 所示。

第四步：单击"安装 Visual Basic 6.0 中文企业版"单选按钮，单击"下一步"按钮，如图 1-6 所示。

第五步：启动"Visual Basic 6.0 中文版安装程序"，安装程序正在检查所需磁盘空间，如图 1-7 所示。

第六步：在安装需要选择后，有一个简短的安装过程，在屏幕的右下角有提示图，如图 1-8 所示。

图 1-5　Visual Basic 6.0 中文企业版安装向导步骤三

　　第七步：安装完毕后，需要重新启动计算机。可以为"Visual Basic 6.0 中文版"程序设置快捷方式，如图 1-9 所示。

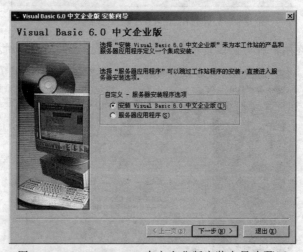

图 1-6　Visual Basic 6.0 中文企业版安装向导步骤四

图 1-7　Visual Basic 6.0 中文企业版安装向导步骤五

图 1-8　Visual Basic 6.0 中文企业版安装向导步骤六

图 1-9　为"Visual Basic 6.0 中文版"程序设置快捷方式

任务二：最简单的应用程序操作

【实验目的】

了解 Visual Basic 解决实际问题的步骤过程。

【实验内容】

设计一个程序，界面上有一个命令按钮，在运行时若用鼠标单击按钮，在窗体上就显示"Visual Basic 欢迎您！"一行文字，运行结果如图 1-10 所示。

图 1-10　"入门操作实例"运行结果

【实验步骤】

具体操作可分为四个步骤来完成：设计用户使用的界面；设计界面上各个控件的属性；编写程序代码；保存与调试应用程序。这四个步骤的具体操作如下：

第一步：设计用户使用的界面。

应用程序运行时，用户输入或输出的信息都在这个界面中进行。界面设计要使用户感到方便、直观。本实验中用户界面只需要一个命令按钮。单击工具箱中的命令按钮，光标变为十字型，按住鼠标左键，在窗体中拖出一个按钮；或者双击工具箱中的按钮控件，则在窗体正中间会出现一个命令按钮对象，再用鼠标把该按钮拖到窗体中合适的位置。

工具箱中的工具称为"控件"，把用"控件"在窗体中"画"出的图形称为"对象"，窗体中可以画出很多对象，但只有一个对象是当前激活的对象，其四周有 8 个蓝色小方块，用鼠标拖动这些小方块可以改变对象大小，如图 1-11 所示。

第二步：设计界面上各个控件的属性。

本实验目的用户界面上共有两个对象——窗体（Form1）和命令按钮（Command1），窗体本身是一个不用工具箱中的控件生成，而是由系统默认的对象。需要对窗体和命令按钮设置属性。

用鼠标单击窗体本身，使之四周出现 8 个蓝色小方块。或选择属性窗口中对象下拉列表框（见图 1-12）中的 Form1，设置窗体的属性。单击属性窗口中的 Caption（标题）属性，将其右侧列表框中的"Form1"改写为"入门操作实例"，与此同时，窗体的标题栏中也显示了"入门操作实例"字样，再单击属性窗口中的 Font（字体）属性，此时右边弹出一个有 3 个小黑点的按钮，单击该按钮，弹出一个字体对话框，可以在其中设置窗体中显示的字体为华文新魏、小三号。设置属性对话框如图 1-12 所示。

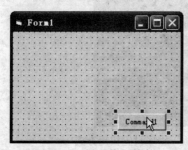

图 1-11　设置按钮控件

图 1-12　设置 Font（字体）属性

接下来设置命令按钮的属性。打开对应的 Command1 属性窗口，方法同操作窗体时一样。在设置按钮属性前，窗体中按钮上的文字为"Command1"。显然，当用户看到这个英文名字时并不知道这个按钮究竟是提供什么功能的，应该把它改掉。由于要告诉用户，单击这个按钮可以在窗体上显示文字，所以将命令按钮的 Caption 属性值"Command1"改为"显示文字"，修改后，同时看到窗体上这个命令按钮上的"Command1"也改为"显示文字"了。与操作窗体的 Font 属性完全一样，将该命令按钮的字体属性修改为宋体、小四号。

第三步：编写程序代码。

通过第一步和第二步的操作，已经可以看到用户界面上的按钮及按钮上的提示信息（即标题Caption），但是这时用户若用鼠标单击该命令按钮，应用程序是不会有任何反应的。显然还要为命令按钮编写一段程序。

编写程序代码要在"程序代码窗口"中进行。现在屏幕上是设计用户界面的窗体，怎样从窗体进入程序代码窗口呢？有以下三种方法可以打开代码窗口。

- 用鼠标双击窗体或其他对象的图标。
- 单击工程资源窗口中的"查看代码"按钮。
- 在菜单栏中选择"视图"→"代码窗口"命令。

打开代码窗口，看到在代码窗口的标题栏中显示"工程 1-Form1（Code）"，表明现在是代码窗口，标题栏下又分为两部分：左边为对象下拉列表框，表中列出了用户界面上的所有对象，右边为过程下拉列表框，显示的是当前选中的对象的所有事件，在 Visual Basic 中的编程代码，就是在对象下拉列表框中选择某一对象，在过程下拉列表框中选择该对象的某一个事件，形成一个"对象_事件"过程，例如，当双击用户界面上的命令按钮进入代码窗口后，窗口中将自动显示两行文字：

```
Private Sub Command1_Click()

End Sub
```

实际上等价于在对象下拉列表框中选择命令按钮对象，在过程下拉列表框中选择该对象的Click（单击）事件，从而形成一个"命令按钮_单击"过程。

此时，输入光标在两行自动显示的代码中间的空行上闪烁，提示在光标处可以输入代码。本例只需要输入一行代码：Print"Visual Basic 欢迎您！"（用西文双撇号，不能用中文双引号），如图 1-13 所示。

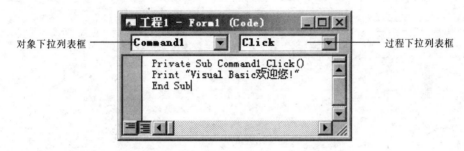

图 1-13 代码窗口

其中，关键字 Private（私有）表示该过程只能在本窗体文件中被调用，应用程序中的其他窗体或模块不可以调用它。关键字 Sub 是子程序的标志。Command1_Click()是过程名，它由两部分组成，对象名和事件名之间用下画线连接。End Sub 表示过程结束。

第四步：保存与调试应用程序。

通过上述 3 个操作步骤，应用程序基本制作好了，这时应先保存文件，Visual Basic 应用程序的保存与通常的文件存盘操作有些不同。一个 Visual Basic 应用程序是一个工程（或一个工程组），可由若干个文件组成——有窗体文件（.frm）、工程文件（.vbp）二进制文件（.frx）等。应用程序越复杂，所包含的文件越多，但一个应用程序至少包含.frm 文件和.vbp 文件。

选择菜单"文件"→"保存工程"命令或单击工具栏上的"保存工程"按钮，将弹出"文件另存为"对话框，如图 1-14 所示。

图 1-14 "文件另存为"对话框

　　这时系统已经给窗体文件设置了一个默认的名字：form1.frm 和默认地址，该默认名字表示该工程第一个窗体的窗体文件。建议用户不要使用这个名字，因为 Visual Basic 每建立一个工程，工程的第一个窗体文件名均默认为 form1.frm，因此最好换成"见名知义"的名字和地址。例如，在磁盘上建立一个名为"操作实例"的文件夹，第一个窗体文件名命名为 1-1.fhn，表示这是保存在"操作实例"文件夹下的第 1 章中第一个窗体文件。保存完窗体，单击"保存"按钮后，系统接着会再次弹出另一个保存窗口，这时文件名显示的默认名为：工程 1.vbp。把这个名字改为 1-1.vbp，这样在资源管理器目录中就很容易识别"操作实例"文件夹下的 1-1.frm、1-1.vbp 两个文件，分别代表窗体和工程文件。它们互相依存，缺一不可，少一个应用程序就不能正常运行。也就是说，当移动这个应用程序时，其中的所有文件必须一起移动。如果该工程中的所有文件都是同名的（仅扩展名不同），在资源管理器中把它们按名称排序，就很容易把它们一个不漏地选中了。

第 2 章 | Visual Basic 语言基础

程序设计语言和语法是程序设计的基础。只有熟练掌握程序设计语言和语法规则，才能在编程中表达自如。

2.1 知 识 要 点

2.1.1 常量与变量

1. 常量

常量即在程序运行中数值不发生改变的量，常量分为普通常量和符号常量。

Visual Basic 中的常量包括以下几种：

（1）数值常量

数值常量，即数学中的常数。它可分为整数、长整数、定点实数和浮点实数。其中浮点实数又可分为单精度和双精度浮点数。

例如：0，-7.89，0.0123，3.24E-12 等。

（2）字符常量

字符常量是指用双引号括起来的由 ASCII 字符、汉字所构成的字符序列。

例如："   "，"ABC-12"，"北京"。

（3）货币数据常量

用于计算货币数据，通常在数字尾端加@。

例如：123.456@。

（4）日期/时间常量

用于表示某一具体的日期和时间。可以有多种表示形式，但必须把日期和时间用符号#括起来。

例如：#5-20-2005#，#5-25-2005 1:20#。

（5）逻辑常量

逻辑常量只有两个值：True（真）和 False（假）。

（6）符号常量

符号常量是用一个符号来表示一个固定不变的量，它有两种来源：用户自定义和系统内部定义。

① 用户自定义的符号常量。

【格式】

Const 符号常量名 [As 数据类型]=表达式

例如：Const PI=3.1415926

　　　Const R As Integer=100*5

② 系统内部定义的符号常量。系统内部定义的符号常量是指由控件提供的内部或系统定义的符号常量，在对象浏览器窗口可以查到它们。

例如：vbCrLf 回车/换行符常数，它就是系统变量，等效于 Chr$(13)+ Chr$(10)。

2. 变量

变量，即在程序运行中数值发生改变的量。变量必须先定义再使用。变量的定义分为显式声明和隐式声明。变量最重要的两个元素就是名称和数据类型。

（1）变量的显式声明

【格式】

Public | Dim | Static | Private |变量名 As 数据类型[,变量名 As 数据类型...]

（2）变量的命名规则

① 变量名要以字母或汉字开头，不能以数字或下画线开头。

② 变量名一般由字母、数字、汉字和下画线组成，不得含有+、-、*、/、$、&、%、!、#、？、小数点或逗号等字符。

③ 变量名的长度不得超过 255 个字符。

④ 变量名不得与 Visual Basic 6.0 中的关键字重名。

（3）变量的隐式声明

不对变量进行声明而直接引用，则此变量将被默认为 Variant 数据类型。但是，此时容易因为写错变量名而引起麻烦。为了避免因为写错变量名而引起麻烦，可以在模块的声明中加入语句"Option Explicit"，强制编译器发现所有未声明的变量。

3. 变量的数据类型

（1）基本数据类型

① 数值型数据。数值型数据分为整型和实型。整型分为：整型（Integer）、长整型（Long）、字节型（Byte）。实型分为：单精度实型（Single）、双精度实型（Double）、货币型（Currency）。

② 字符型数据（String）。字符型数据分为变长字符串和定长字符串。

③ 逻辑型数据（Boolean）。

④ 日期型数据（Date）。

⑤ 可变型数据（Variant）。

⑥ 对象型数据（Object）。

（2）自定义数据类型

【格式】

[Private|Public] Type 类型名

```
元素名 As 数据类型
元素名 As 数据类型
...
End Type
```

4．变量的作用域

变量的作用域，即变量的有效作用范围，在这个有效范围内变量能被识别和使用。根据变量的定义位置和所使用的变量定义语句的不同，Visual Basic 中的变量可分为三类，即局部变量、窗体和模块级变量、全局变量。

（1）局部变量

在过程（事件过程或通用过程）内定义的变量叫做局部变量，其作用域是它所在的过程。在过程中用 Dim、Static 声明。

（2）窗体和模块级变量

窗体和模块级变量的有效作用范围是该窗体和该模块中所有的过程。窗体和模块级变量在模块顶部的声明部分用 Private、Dim 声明。

（3）全局变量

全局变量可以被程序中任何一个模块和窗体访问。在窗体中不能定义全局变量，全局变量要在模块文件（.bas）顶部的声明部分用 Global、Public 关键字声明。

2.1.2　运算符与表达式

1．Visual Basic 中的运算符

（1）算术运算符

Visual Basic 提供 7 个算术运算符："+"、"-"、"*"、"/"、"\"（整除）、"Mod"（取余）、"^"（乘方）。

（2）字符串运算符

字符串运算符用于将两个字符型表达式按连接顺序从左到右生成一个新字符串，它有两个运算符："+"和"&"。

（3）关系运算符

关系运算符，即比较运算符，用于比较两个表达式的大小，其运算结果为逻辑值，它有 6 种关系运算符：">"、"<"、">="、"<="、"="、"<>"。

（4）逻辑运算符

运算结果为逻辑值，它有 6 种逻辑运算符："And"、"Or"、"Not"、"Xor"（异或）、"Eqv"（同或）、"Imp"（蕴含）。

（5）日期运算符

只有"+"和"-"两个运算符。

2．表达式

由常量、变量、函数、运算符以及括号连接而成的有意义的式子称为表达式。

例：

算术表达式：2+3*x

字符串表达式："Visual"&"Basic"

关系表达式：x>y

逻辑表达式：x>-10　And　x<10

日期表达式：#2005-5-20# + 5

3. 运算符的优先级（由高到低）

运算顺序：括号→函数→算术运算符→字符串运算符→关系运算符→逻辑运算符

2.1.3　常用内部函数

在 Visual Basic 中有两类函数：函数（标准函数）和用户自定义函数。标准函数是由系统提供的，用户自定义函数是指由用户自己根据需要定义的函数。这两类函数的调用格式为：

函数名（自变量1[，自变量2]）

标准函数可分为：数学函数、字符串函数、颜色函数、日期时间函数、测试函数、输入/输出函数及其他函数等。

注意：函数不能单独使用，只能放在命令或语句中。

利用直接方式观察函数结果的步骤如下：

（1）打开立即窗口

通过选择"视图"菜单中的"立即窗口"命令实现。

（2）在立即窗口中输入命令

1. 数学函数

（1）三角函数：Sin(x)、Cos(x)、Tan(x)，参数 x 的单位必须为弧度。

① Sin(x)正弦函数

例：Print Sin(3.14159/180*45)　　　结果为：0.707106771713121

② Cos(x)余弦函数

例：Print Cos(1.5)　　　　　　结果为：7.07372016677029E-02

③ Tan(x)正切函数

例：Print Tan(1.5)　　　　　　结果为：14.1014199471717

（2）绝对值函数 Abs(x)。

例：　Print Abs(5)　　　　　结果为：5

　　　Print Abs(-5)　　　　　结果为：5

（3）平方根函数 Sqr(x), x 值必须≥0。

例：Print Sqr(4)　　　　　　结果为：2

（4）对数函数 Log(x)：返回以 e 为底的自然对数。

例：Print Log(12)　　　　　　结果为：2.484906649788

（5）指数函数 Exp(x)：返回 e^x 的指定次幂。

例：Print Exp(-1.5)　　　　　结果为：0.22313016014843

（6）取整函数 Int(x)：返回不大于 x 的最大整数。

例：Print Int(3.8)　　　　　　　　　结果为：3

　　Print Int(-3.8)　　　　　　　　　结果为：-4

（7）符号函数 Sgn(x)：x 的值大于 0 时返回 1，小于 0 时返回-1，等于 0 时返回 0。

例：Print Sgn(2.7)　　　　　　　　　结果为：1

　　Print Sgn(-2.7)　　　　　　　　　结果为：-1

　　Print Sgn(0)　　　　　　　　　　结果为：0

（8）随机函数 Rnd(x)：产生 0～1 内的随机浮点数。

当 x>0 时，每次产生的随机数都不同。

当 x=0 时，每次产生的随机数与上次的相同。

当 x<0 时，改变随机数种子。

例：Print Rnd(1)　　　　　　　　　　结果为：0.7055475

　　Print Rnd(0)　　　　　　　　　　结果为：0.7055475

　　Print Rnd(-1)　　　　　　　　　　结果为：0.224007

2．日期时间函数

（1）系统日期时间函数 Now()：返回系统的当前日期和时间。

例：Print Now()　　　　　　　　　　结果为：2005-7-4 13:25:32

（2）系统日期函数 Date()：返回系统的当前日期。

例：Print Date()　　　　　　　　　　结果为：2005-7-4

（3）系统时间函数 Time()：返回系统的当前时间。

例：Print Time()　　　　　　　　　　结果为：13:33:29

（4）日函数 Day(d)：返回日期时间表达式 d 的日期。

例：Print Day(#2005-6-18#)　　　　　结果为：18

（5）月份函数 Month(d)：返回日期时间表达式 d 的月份。

例：Print Month(#2005-6-18#)　　　　结果为：6

（6）年份函数 Year(d)：返回日期时间表达式 d 的年份。

例：Print Year(#2005-6-18#)　　　　　结果为：2005

3．字符串函数

（1）测字符串长度函数 Len(c)：返回字符串 c 中包含的字符个数。

例：Print Len("北京 ABCD")　　　　　结果为：6

（2）空格函数 Space(n)：产生 n 个空格的字符串。

例：Print Space(6)　　　　　　　　　结果为：含有 6 个空格的字符串

（3）字符串左截函数 Left(c,n)：取字符串 c 左边的 n 个字符。

例：Print Left("北京 ABCD",2)　　　　结果为："北京"

（4）字符串右截函数 Right(c,n)：取字符串 c 右边的 n 个字符。

例：Print Right("北京 ABCD",2)　　　　结果为："CD"

（5）字符串中间截取函数 Mid(c,n1,n2)：自字符串 c 的第 n1 个位置开始向右取 n2 个字符。

例：Print Mid("北京 ABCD",2,2)　　　　结果为："京 A"

（6）删除字符串前导空格函数 Ltrim(c)：删除字符串 c 左边的空格。

例：Print Ltrim("　ABC123")　　　　结果为："ABC123"

（7）删除字符串尾部空格函数 Rtrim(c)：删除字符串 c 右边的空格。

例：Print Rtrim("ABC123　")　　　　结果为："ABC123"

（8）删除字符串空格函数 Trim(c)：删除字符串 c 左右两边的空格。

例：Print Trim("　ABC123　")　　　　结果为："ABC123"

4. 转换函数

（1）ASCII 码函数 Asc(c)：返回字符串 c 的第一个字符的 ASCII 码值。

例：Print Asc("Apple")　　　　结果为：65

（2）字符函数 Chr(n)：返回 ASCII 码值为 n 的字符。

例：Print Chr(65)　　　　结果为：A

（3）字符串函数 Str(n)：将数值 n 转换为字符串。

例：Print Str(123.45)　　　　结果为："123.45"

（4）数值函数 Val(c)：将字符串表达式中的数字字符转换为数值型数。

例：Print Val("123.45")　　　　结果为：123.45

2.1.4　程序代码编写规则

1. 语句输入规则

在 Visual Basic 中一条代码称为一条语句。Visual Basic 语句中的字母是不区分大小写的，一行语句输入完，应按【Enter】键，系统会按照规格化程序去规范用户输入的内容。

（1）将关键字的第一个字母自动变成大写，其余字母变成小写。

（2）若关键字由多个单词组成，则每个单词的第一个字母自动变成大写。

（3）用户自定义变量、符号常量等非关键字的书写，以第一次定义的为准，以后输入的则不必再考虑大小写。

（4）"="、"+"、"–"、"*"、"/" 等运算符左右自动加空格。

2. 行输入规则

（1）一行可写多条语句，但语句之间要用冒号隔开。

（2）当一条语句太长时，为了便于阅读最好写成多行。在需要换行的地方加一个空格及续行符 "_"。

3. 保留 QBasic 中的部分内容

2.1.5　Visual Basic 基本程序结构和基本语句

1. 基本程序结构

结构化程序设计包含 3 种基本结构，即顺序结构、选择结构和循环结构。

（1）顺序结构

最简单的结构，程序按照命令的编写顺序执行。

（2）选择结构（分支结构）

选择结构是一种常用的基本结构，其特点是根据所给定的选择条件为真或假，来决定从不同操作中选择执行一种操作。

（3）循环结构

在一定的条件下，重复执行一个程序段。

2．基本语句

（1）赋值语句

赋值语句是程序中最基本的语句，它是为变量和对象属性设置新值的主要方法。

【格式 1】

变量名=表达式

【格式 2】

[对象名.]属性名=表达式

在格式 2 中，若对象名省略，则默认对象为当前窗体。

【功能】把"="右边表达式的值赋给"="左边的变量或对象的属性。

（2）条件语句

当程序中需要根据某个条件取值的不同（成立与否），来确定程序的运行方向时，需要用条件语句实现。

① 单行条件语句

【格式】

If <条件表达式> Then [<语句块1>][Else [<语句块2>]]

【功能】如果条件表达式为真，则执行 Then 后面的语句块 1，否则执行 Else 后面的语句块 2。执行过程如图 2-1 所示。

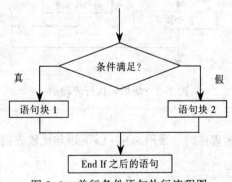

图 2-1　单行条件语句执行流程图

② 块结构条件语句

【格式】

```
If <条件1> Then
    <语句块1>
ElseIf <条件2> Then
    <语句块2>
```

```
ElseIf <条件 3> Then
    <语句块 3>
    …
Else
<语句块 n>
End If
```

【功能】如果<条件 1>为 True（成立），执行 Then 后面的<语句块 1>；否则如果<条件 2>为 True，执行 Then 后面的<语句块 2>；……，如此测试下去，如果所有条件都不成立，执行 Else 后面的<语句块 n>。

说明：

- 不管有几个 Else If 子句，程序执行完一个语句块后，其余 Else If 子句不再执行。
- 当多个 Else If 子句的条件都成立时，只执行第一个条件成立的子句中的语句块。可见，在使用 Else If 语句时，要特别注意各判断条件的前后次序。

执行过程如图 2-2 所示。

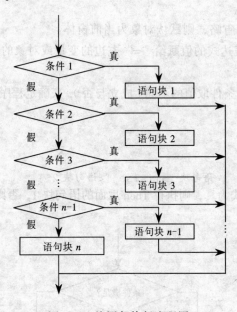

图 2-2　块语句执行流程图

③ 多分支选择语句

在解决多分支选择情况的程序时，采用 Select Case 语句比较方便，并且程序结构清楚，便于阅读和修改。

【格式】

```
Select Case <测试表达式>
    [Case <表达式列表 1>
        [<语句块 1>]]
    [Case <表达式列表 2>
        [<语句块 2>]]
    …
    [Case <表达式列表 n>
```

```
        [<语句块 n>]]
    「Case Else
        [<语句块 n+1>]]
    End Select
```

【功能】先求"测试表达式"的值，然后顺序测试该值符合哪一个 Case 子句中的情况，如果找到了，则执行该 Case 子句下面的语句块，然后执行 End Select 后面的语句；如果没找到，则执行 Case Else 后面的语句块，然后执行 End Select 后面的语句。执行过程如图 2-3 所示。

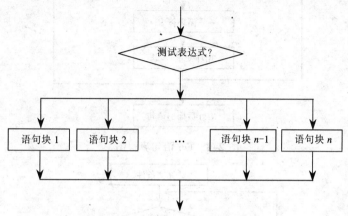

图 2-3　多分支语句执行流程图

（3）循环语句

在程序中，凡是需要重复相同或相似的操作步骤，都可以使用循环结构来实现。循环结构由两部分组成：循环体，即要重复执行的语句序列；循环控制部分，即用于规定循环的重复条件或重复次数，同时确定循环范围的语句。

要使计算机能够正常执行某循环，由循环控制部分所规定的循环次数必须是有限的。

① For 循环：此循环适用于已知循环次数的循环。

【格式】
```
For  循环变量=初值  To  终值 [Step 步长]
    [循环体]
Next [循环变量]
```
【功能】

- 系统将初值赋给循环变量，并自动记下终值和步长。
- 判断循环变量是否超过终值：未超过终值，执行一次循环体；否则，结束循环。
- 执行 Next 语句，将循环变量加上一个步长。
- 再判断循环变量是否超过终值，继续执行。
- 结束循环，执行 Next 后面的语句。

执行过程如图 2-4 所示。

② While…Wend 当循环：此循环适用于不知循环次数，只知循环结束条件的循环。

【格式】
```
While <条件表达式>
    [循环体]
Wend
```
【功能】当条件表达式为真时，执行循环体，否则执行 Wend 后面的语句。

执行过程如图 2-5 所示。

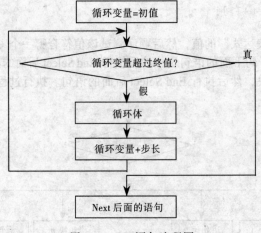

图 2-4　For 语句流程图

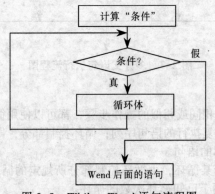

图 2-5　While…Wend 语句流程图

③ Do…Loop 循环语句：此循环适用于不知循环次数，只知循环结束条件的循环。

（a）先判断条件后执行循环体的语句

【格式】

```
Do While <条件表达式>
    [循环体]
Loop
```

【功能】当条件表达式为真时，执行循环体，否则执行 Loop 后面的语句。

执行过程如图 2-6 所示。

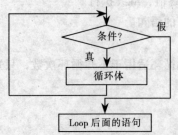

图 2-6　Do While…Loop 语句流程图

【格式 2】

```
Do Until <条件表达式>
    [循环体]
Loop
```

【功能】当条件表达式为假时，执行循环体，直到条件表达式为真时执行 Loop 后面的语句。执行过程如图 2-7 所示。

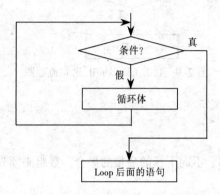

图 2-7　Do Until...Loop 语句流程图

（b）先执行循环体后判断条件的语句

【格式 1】

```
Do
    [循环体]
Loop While <条件表达式>
```

【功能】先执行一次循环体，再判断条件表达式是否为真。当条件表达式为真时，执行循环体，否则执行 Loop 后面的语句。执行过程如图 2-8 所示。

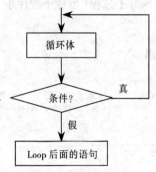

图 2-8　Do...Loop While 语句流程图

【格式 2】

```
Do
    [循环体]
Loop Until <条件表达式>
```

【功能】先执行一次循环体，再判断条件表达式是否为真。当条件表达式为假时，执行循环体，直到条件表达式为真时执行 Loop 后面的语句。执行过程如图 2-9 所示。

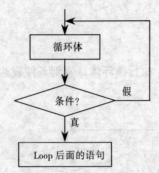

图 2-9   Do...Loop Until 语句流程图

2.1.6 数组

1. 数组的概念

数组是一组具有相同名称、不同下标的变量的集合。数组必须先定义后使用。

2. 数组定义语句

【格式】

Dim 数组名（[下界 to 上界]）[As 数据类型]

2.1.7 过程

根据结构化设计原则，当问题复杂时，可根据功能将程序分解成若干个小模块，在 Visual Basic 中这些小模块称为过程。

通用过程，即共用的过程。当几个事件过程要执行相同的操作时，为避免代码的重复，应用通用过程。通用过程分两类：一类是 Sub 子过程（也称子程序）；一类是 Function 过程（也称函数）。

1. 通用过程 Sub 的创建方法

（1）直接在代码窗口中输入代码

【格式】

```
[Private|Public] Sub <过程名> [<形参表>]
    [<语句序列>]
    [Exit Sub]
    ...
End Sub
```

（2）使用"添加过程"对话框：选择"工具"菜单中的"添加过程"命令

（3）子过程的调用

【格式1】

Call <过程名>([<实参表>])

【格式2】

<过程名>([<实参表>])

2. Function 函数过程

（1）函数过程的定义

【格式】

```
[Private|Public] Function <函数名> [<形参表>] [As<类型>]
    [<语句序列>]
    [<函数名>=<表达式>]
    [Exit Function]
    ...
End Function
```

（2）函数过程的调用方法

① 直接在赋值号右端调用。

② 作为参数出现在调用过程或函数中。

2.1.8　文件操作

文件是指存放在外部介质上的数据集合。每一个文件均有一个文件名作为标识。

1. 顺序文件

顺序文件，即以顺序存取方式保存数据的文件。

（1）打开文件

对顺序文件操作之前，必须用 Open 语句打开要操作的文件。

【格式】

```
Open <文件名> [ For 打开方式] As [#] <文件号>
```

【功能】打开一个顺序文件，并把文件名与文件号关联起来。

（2）写入文件

写入文件，即向新文件写入记录的操作，可由 Print #或 Write #语句来完成的。

① Print # 语句

【格式】

```
Print#<文件号> [,输出表列]
```

② Write # 语句

【格式】

```
Write#<文件号> [,输出表列]
```

（3）关闭文件

在对一个文件的操作完成之后，要用 Close 语句将其关闭。

【格式】

```
Close [文件号表列]
```

【功能】关闭与文件号关联的各文件。若语句中没有文件号，则关闭所有文件。

（4）读顺序文件

读顺序文件有 Input #语句、Line Input #语句和 Input 函数三种方法。

① Input #语句

【格式】

```
Input#<文件号>,<变量表>
```

【功能】从文件指针所指的位置起，把文件中的数据项依次赋给程序变量表中的变量。

② Line Input #语句

【格式】

Line Input#<文件号>,<字符串变量>

【功能】从打开的顺序文件中读取一个记录，即一行信息，并把它送给字符串变量。

③ Input 函数

【格式】

Input（整数 n,[#<文件号>]）

【功能】返回从指定文件中读出的 n 个字符的字符串。

2．随机文件

随机文件是指随时可以存取和操作的文件。一个随机文件中的每个记录长度是固定的。对于随机文件的操作可分为三个步骤：打开、写/读和关闭。

（1）打开随机文件

【格式】

Open <文件名> For Random As #<文件号> Len=<记录长度>

【功能】在磁盘上打开一个名为<文件名>的随机文件，建立<文件名>与<文件号>之间的关联，并且该文件的每个记录所含字节数等于<记录长度>。

（2）写/读随机文件

① 写随机文件

【格式】

Put #<文件号>,<记录号>,<变量>

【功能】把变量的内容写到<文件号>所代表的磁盘文件中<记录号>所指定的记录处。若省略记录号，则写到文件指针所指的记录处。

② 读随机文件

【格式】

Get #<文件号>, <记录号>,<变量>

【功能】把文件中<记录号>所指定的记录读到指定的变量中。若省略记录号，则把文件指针所指的记录读到指定的变量中。

（3）关闭随机文件

与关闭顺序文件相同。

2.2   习题解答与习题扩充

【2-1】设计下列程序，在窗体上设置 2 个文本框，分别显示当前时间和问候语，用 If 语句来完成：0 点～12 点问候语为"早上好！"，12 点～18 点问候语为"下午好！"，18 点～24 点问候语为"晚上好！"，运行效果如图 2-10 所示。提示：使用 Hour()及 Time()控制时间。

【解】本题主要运用条件语句实现时间的判断，操作步骤如下：

第一步：创建对象，1 个窗体、2 个文本框。

第二步：设置属性，如表 2-1 所示。

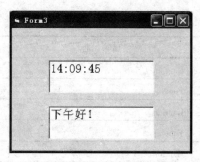

图 2-10　习题 2-1 的运行效果

表 2-1　窗体中各控件的属性设置

对　象	属　性	设　置　值
Text1	Font	宋体、三号
Text2	Font	宋体、三号
	ForeColor	红色

第三步：编写代码。

编写 Form_Load()代码：

```
Private Sub Form_Load()
Dim h As Integer
h=Hour(Time())
If h>=0 And h<12 Then
    Text1.Text=Time()
    Text2.Text="早上好！"
ElseIf h<18 Then
    Text1.Text=Time()
    Text2.Text="下午好！"
Else
    Text1.Text=Time()
    Text2.Text="晚上好！"
End If
End Sub
```

第四步：保存并运行。

【2-2】设计下列程序，在窗体上设置 3 个标签，1 个文本框和 1 个命令按钮，在文本框中输入百分制的学生成绩后，当按下标有"评判等级"的命令按钮后，在一个标签中可以显示出该成绩的所在等级。其中：60 分以下为"不及格"，60 ~ 75 分为"及格"，76 ~ 85 分为"良好"，86 ~ 100 分为"优秀"，输入其他内容为"输入成绩错！"，要求使用 Select Case ...End Select 语句来完成。程序运行效果如图 2-11 所示。

【解】本题主要运用多分支语句 Select Case 实现成绩的判断，操作步骤如下：

第一步：创建对象，1 个窗体、3 个标签、1 个文本框和 1 个按钮。

第二步：设置属性，如表 2-2 所示。

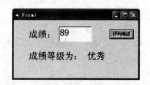

图 2-11　习题 2-2 的运行效果

表 2-2　窗体中各控件的属性设置

对　象	属　性	设　置　值
Label1	Caption	成绩：
	Font	宋体、小四号
Label2	Caption	成绩等级为：
	Font	宋体、小四号
Label3	Caption	空
	Font	宋体、小四号
Text1	Font	宋体、小四号
	Text	空
Command1	Caption	评判等级

第三步：编写代码。

编写 Command1_Click()代码：

```
Private Sub Command1_Click()
Dim x!
X=Val(Text1.Text)
Select Case X
Case Is < 60
    Label3.Caption="不及格"
Case Is <= 75
    Label3.Caption="及格"
Case Is <= 85
    Label3.Caption="良好"
Case Is <= 100
    Label3.Caption="优秀"
Case Else
    Label3.Caption="输入成绩错！"
End Select
End Sub
```

第四步：保存并运行。

【2-3】利用 For…Next 循环语句、Print 方法直接在窗体上显示 10 ~ 100 之间能够被 3 整除的整数。

【解】本题主要运用 Mod 运算判断数据是否能被整除，利用循环语句实现多个数的判断。操作步骤如下：

第一步：创建对象，一个窗体。

第二步：编写 Form_Click()代码。

```
Private Sub Form_Click()
For i=10 To 100
    If i Mod 3=0 Then Print i
Next i
End Sub
```

第三步：保存并运行。

【2-4】利用 Do While...Loop 循环语句求 $S = 1^2 + 2^2 + \cdots + 100^2$ 。

【解】本题运用累加求和方法实现数据求和，操作步骤如下：

第一步：创建对象，一个窗体。

第二步：编写 Form_Click()代码。

```
Private Sub Form_Click()
    Dim s%, i%
    s=0
    i=1
    Do While i <= 100
      s=s + i * i
      i=i + 1
    Loop
      Print "s="; s
End Sub
```

第三步：保存并运行。

【2-5】利用 For...Next 循环语句求解下列问题：输入任意两个正整数，求出它们的最大公约数和最小公倍数，运行结果如图 2-12 所示。

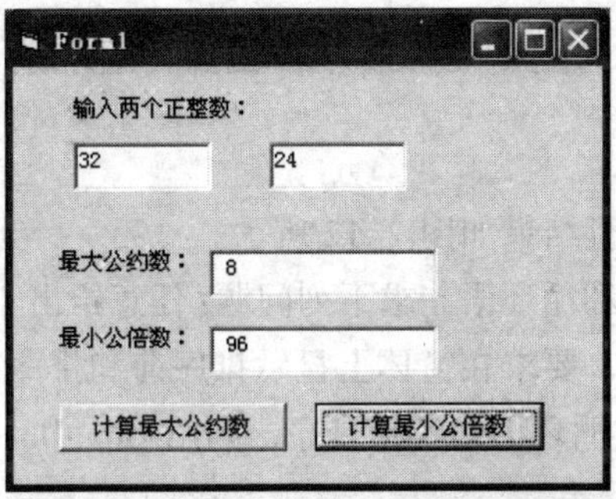

图 2-12　习题 2-5 的运行结果

【解】所谓 *a*，*b* 两个数的公约数，即被 *a*，*b* 都能整除的数，并且它的值不能超过 *a*，*b* 中较小的一个。*a*，*b* 的公倍数一定比最小数大，但是它的值不可能超过 *a*b*。本题运用循环语句实现验证，操作步骤如下：

第一步：创建对象，1 个窗体、3 个标签、4 个文本框和 2 个按钮。

第二步：设置属性，如表 2-3 所示。

表 2-3　窗体中各控件的属性设置

对　象	属　性	设　置　值
Label1	Caption	输入两个正整数：
Label2	Caption	最大公约数：
Label3	Caption	最小公倍数：
Command1	Caption	计算最大公约数
Command2	Caption	计算最小公倍数

第三步：编写代码。

（1）编写计算最大公约数 Command1_Click()代码：

```
Private Sub Command1_Click()
    Dim m!, n!, min!
    m=Val(Text1.Text)
    n=Val(Text2.Text)
    If m > n Then min=n Else min=m
    For i=min To 1 Step -1
        If(m Mod i=0) And (n Mod i=0) Then Exit For
    Next i
    Text3.Text=Str$(i)
End Sub
```

（2）编写计算最小公倍数 Command2_Click()代码：

```
Private Sub Command2_Click()
    Dim m!, n!, min!
    m=Val(Text1.Text)
    n=Val(Text2.Text)
    If m > n Then min=n Else min=m
    For i=min To m * n
        If(i Mod m=0) And (i Mod n=0) Then Exit For
Next i
Text4.Text=Str$(i)
End Sub
```

第四步：保存并运行，运行结果如图 2-12 所示。

【2-6】设计程序，利用数组和循环语句求下列问题：任意给出 10 名学生的考试成绩（百分制），将这些成绩从高到低依次排序，要求在窗体上显示排序前和排序后的成绩。

【解】本题运用数组和双重循环语句实现排序，利用 InputBox()函数实现学生成绩的录入，操作步骤如下：

第一步：创建对象，一个窗体。

第二步：编写 Form_Click()代码。

```
Option Base 1
Private Sub Form_Click()
    Dim g(10) As Single
    Dim i%, j%, m%, x$
    For i=1 To 10
        x="请输入第" + Str$(i) + "位学生成绩"
        g(i)=Val(InputBox(x))
    Next i
    Print "排序前: "
    For i=1 To 10
        Print g(i);
    Next i
    Print
    For i=1 To 9
        For j=i + 1 To 10
            If g(i) < g(j) Then
                m=g(i): g(i)=g(j): g(j)=m
```

```
        End If
      Next j
   Next i
   Print "排序后: "
   For i=1 To 10
      Print g(i);
   Next i
   Print
End Sub
```

第三步：保存并运行，输入成绩后运行结果如图 2-13、图 2-14 所示。

图 2-13　输入成绩窗口

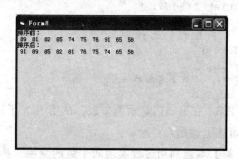

图 2-14　习题 2-6 的运行结果

说明:

双重循环结构也称循环嵌套，即在一个循环结构中包含另外一个循环结构，用这种程序结构可以完成比较复杂的算法。

语法结构:

```
For i=<初值> to <终值> step <步长>
    For j=<初值> to <终值> step <步长>
       <循环体语句>
    Next j
 Next i
```

外循环控制变量为 i，内循环控制变量为 j，可把内循环看作外循环的循环体，所以内外循环语句结构应相互匹配，内外循环不能产生交叉。

【2-7】在第 2-6 题的基础上，求出排序后第 1 名成绩在排序前所存放的位置。

【解】利用变量 Y 存储第 1 名的位置。

改进的代码为：

```
Option Base 1
Private Sub Form_Click()
Dim g(10) As Single
Dim i%, j%, m%, w%, x$
For i=1 To 10
    x="请输入第" + Str$(i) + "位学生成绩"
    g(i)=Val(InputBox(x))
Next i
Print "排序前: "
For i=1 To 10
    Print g(i);
Next i
```

```
Print
Y=1
For i=1 To 9
    For j=i + 1 To 10
        Ifg(i) < g(j) Then
            m=g(i): g(i)=g(j): g(j)=m
            Y=j
        End If
    Next j
    If i=1 Then w=Y            '存储第 1 名的位置
Next i
Print "排序后: "
For i=1 To 10
    Print g(i);
Next i
Print
Print "第 1 名原始位置: "; w
End Sub
```

【2-8】在窗体内显示两个数，试用 Sub 子过程编写交换两个数的过程 swap()，将交换后的结果在窗体上输出。

【解】本题利用过程实现两个数的交换，操作步骤如下：

第一步：创建对象，1 个窗体，2 个标签和 2 个文本框。

第二步：编写 Form_Click()代码。

```
Private Sub Form_Click()
    Dim a!, b!
    a=Val(Text1.Text)
    b=Val(Text2.Text)
    Call swap(a, b)
    Print a, b
End Sub
```

第三步：编写 swap()过程代码。

```
Private Sub swap(x As Single, y As Single)
    Dim m!
    m=x
    x=y
    y=m
End Sub
```

第四步：保存并运行，结果如图 2-15 所示。

图 2-15　习题 2-8 运行结果

【2-9】用 Function 过程求 S=1 + 2 + 3 + … + n (n≥1)，将计算结果显示在窗体中。

【解】本题操作步骤如下：

第一步：创建对象，一个窗体。

第二步：编写 Form_Click()代码。

```
Private Sub Form_Click()
Dim n%, y%
    n=Val(InputBox("请输入 n"))
    y=s(n)
    Print "sum="; y
End Sub
```

第三步：创建 s()函数。

```
Private Function s(ByVal x As Integer) As Integer
    Dim s1%, i%
    s1=0: i=1
    For i=1 To x
        s1=s1 + i
    Next i
    s=s1
End Function
```

第四步：保存并运行。

【2-10】建立一个顺序文件 Studscor.dat，将 20 个学生成绩（自定）用 Write # 语句写入文件中，然后关闭文件。再次以 Append 方式打开文件后，追加 10 个学生成绩写入文件中，关闭文件。

【解】本题操作步骤如下：

第一步：创建对象，1 个窗体，3 个按钮。

第二步：设置属性，如表 2-4 所示。

表2-4　窗体中各控件的属性设置

对　　象	属　　性	设　置　值
Command1	Caption	创建文件
Command2	Caption	添加数据
Command3	Caption	退出

第三步：编写创建顺序文件的 Commamd1_Click()代码。

```
Private Sub Command1_Click()
    Open studscor For Output As #1              '创建文件
    Write #1, 85, 78, 89, 86, 78, 84, 83, 81, 82, 67   '将学生成绩写入到文件中
    Write #1, 69, 94, 95, 71, 92, 64, 83, 97, 76, 88
    Close #1                                    '关闭文件
End Sub
```

第四步：添加数据 Commamd2_Click()代码。

```
Private Sub Command2_Click()
    Open studscor For Append As #1
    Write #1, 79, 84, 85, 71, 92, 64, 83, 67, 76, 88
    Close #1
End Sub
```

第五步：退出 Commamd3_Click()代码。

```
Private Sub Command3_Click()
    End
End Sub
```

第六步：保存并运行。

【扩充题】

【2-11】执行下面的程序段后，a，b 的值为_____。

```
a=300
b=200
a=a+b
b=a-b
a=a-b
Print a,b
```

【解】a，b 的值为：200，300。

【2-12】分别输入 4，5 后，程序结果为_____。

```
Private Sub Form_Click()
    Dim x% , y%
    X= InputBox("请输入 x")
    Y= InputBox("请输入 y")
    If x>y Then
        Print x-y
    Else
        Print y-x
    End if
End Sub
```

【解】程序结果为：1。

【2-13】执行下面的程序段后，x 的值为_____。

```
x=5
For i=1 To 20 Step 2
    x=x+i\5
Next i
Print x
```

【解】x 的值为：21。

【2-14】以下程序段的输出结果为_____。

```
num=0
While num<=2
    num=num+1
    Print num
Wend
```

【解】输出结果为：1 2 3。

【2-15】执行下面的程序段后，输出结果为_____。

```
Private Sub Form_Click()
    Dim x!, y!
    x=1.5
    y=3.5
    If x <> 0 Then
```

```
        y=y - x
    ElseIf y > 0.5 Then
        x=y
    ElseIf x <> 3.5 Then
        y=y * x
    End If
    Print x, y
End Sub
```

【解】输出结果为：1.5   2。

【2-16】设计一个成绩总评计算程序，窗体界面如图 2-16 所示。要求用户输入"平时成绩"、"期中成绩"、"期末成绩"；当单击"计算"按钮时，计算出学期总评成绩。注意：计算学期总评成绩时，"平时成绩"占 10%、"期中成绩"占 30%、"期末成绩"占 60%。当单击"退出"按钮时，程序结束。

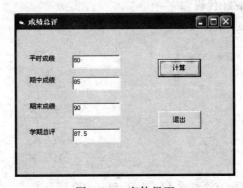

图 2-16　窗体界面

【解】本题运用顺序结构实现学期总评的计算，操作步骤如下：

第一步：创建对象，1 个窗体，4 个标签，4 个文本框，2 个按钮。

第二步：设置属性，如表 2-5 所示。

表 2-5　窗体中各控件的属性设置

对　　象	属　　性	设　置　值
Form	Caption	成绩总评
Label1	Caption	平时成绩
Label2	Caption	期中成绩
Label3	Caption	期末成绩
Label4	Caption	学期总评
Command1	Caption	计算
Command2	Caption	退出

第三步：编写代码。

（1）编写计算按钮 Command1_Click()代码：

```
Private Sub Command1_Click()
    a=Val(Text1.Text) * 0.1
    b=Val(Text2.Text) * 0.3
```

```
    c=Val(Text3.Text) * 0.6
    Text4.Text=a + b + c
End Sub
```

（2）编写退出 Command2_Click() 代码：

```
Private Sub Command2_Click()
    End
End Sub
```

【2-17】输入 x，计算 y 的值。

$$y=\begin{cases}1+x & (x\geqslant0)\\ 1-2x & (x<0)\end{cases}$$

【解】本题运用条件语句实现 y 值的计算，操作步骤如下：

第一步：创建对象，一个窗体。

第二步：编写 Form_Click() 代码。

```
Private Sub Form_Click()
    Dim x!, y!
    x=Val(InputBox("请输入 x"))
    If x>=0 Then
        y=1+x
    Else
        y=1-2*x
    End If
    Print "y="; y
End Sub
```

【2-18】求 1～100 之间所有奇数之和（1+3+5+…+99）。

【解】本题运用循环结构实现奇数和的计算，操作步骤如下：

第一步：创建对象，一个窗体。

第二步：编写 Form_Click() 代码。

```
Private Sub Form_Click()
    Dim s%
    s=0
    For i=1 To 100 Step 2
        s=s+i
    Next i
    Print "s="; s
End Sub
```

【2-19】找出 100～1000 之间的"水仙花数"。所谓水仙花数，是指一个三位数，它的各位数字的立方和与本数相等，如 $371=3^3+7^3+1^3$。

【解】本题运用循环结构实现每一个水仙花数的判断，操作步骤如下：

第一步：创建对象，一个窗体。

第二步：编写 Form_Click() 代码。

```
Private Sub Form_Click()
    Dim a%, b%, c%
    For i=100 To 999
        a=i \ 100
        b=(i - a * 100) \ 10
```

```
        c=(i - a * 100) Mod 10
        If a ^ 3 + b ^ 3 ¦ c ^ 3-i Then
            Print "水仙花数为"; i
        End If
    Next i
End Sub
```

第三步：运行结果如图 2-17 所示。

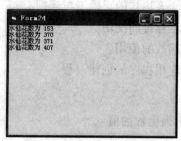

图 2-17　运行结果

【2-20】输入 10 名学生的考试成绩，计算平均成绩，统计高于平均成绩的人数。

【解】本题运用循环结构实现学生成绩和的计算，利用 InputBox()函数输入每位学生的成绩，操作步骤如下：

第一步：创建对象，一个窗体。

第二步：编写 Form_Click()代码。

```
Private Sub Form_Click()
    Dim s!, p!, n%
    Dim c(1 To 10) As Integer
    For i=1 To 10
        c(i)=Val(InputBox("请输入第" + Str(i) + "位学生成绩: "))
        s=s + c(i)
    Next i
    p=s / 10
    n=0
    For i=1 To 10
        If c(i) > p Then n=n + 1
    Next i
    Print "平均分="; p, "高于平均分的人数="; n
End Sub
```

第三步：运行结果如图 2-18 所示。

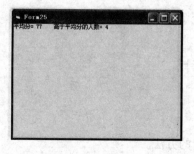

图 2-18　运行结果

2.3　上机实验

任务一：程序设计基础

【实验目的】

1. 掌握 Visual Basic 中变量、表达式的正确书写规则。
2. 掌握 Visual Basic 中常用运算符的使用。
3. 掌握 Visual Basic 中常用函数的使用。
4. 进一步掌握 Visual Basic 应用程序的创建过程。

【实验内容】

1. 在"立即"窗口中，求下列函数的值。

（1）#2005-7-15#-10

（2）"Good"+"Moring"

（3）"Good"&"Moring"

（4）Int(Abs(99-100)/2)

（5）Val("16 Year")

（6）Left("hello",2)

（7）Len("hello")

（8）Str(-123.45)

2. 计算下列表达式的值，在"立即"窗口中用 Print 方法验证。

设 a=2，b=3，c=4，d=5

（1）a>b and c<d or 2*a>c

（2）3>2*b or a=c and b<>c or c<d

（3）not a<=c or 4*c=b^2 and b<>a+c

（4）(a+5)/2*3/2

（5）(d-1) mod 3+b^3/c\5

【实验步骤】

第一步：启动"立即"窗口。

第二步：通过"视图"菜单中的"立即窗口"命令实现。

第三步：在窗口中输入

? <函数或表达式> <Enter>

立即获得结果。

任务二：顺序结构程序设计

【实验目的】

1. 掌握赋值语句的用法。
2. 掌握顺序结构程序设计的方法。

【实验内容】

编写一个华氏温度与摄氏温度之间转换的程序。摄氏温度转换为华氏温度的公式为：$F=9C/5+32$；华氏温度转换为摄氏温度的公式为：$C=5(F-32)/9$。

1. 设计一个如图 2-19 所示的窗体。窗体中包含 2 个标签、2 个文本框及 2 个命令按钮。

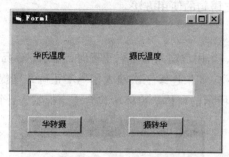

图 2-19　窗体界面

2. 单击按钮实现转换，即单击"华转摄"按钮，则将华氏温度转换为摄氏温度，并在右边的文本框中显示；同样，单击"摄转华"按钮，则将摄氏温度转换为华氏温度，并在左边的文本框中显示。

3. 窗体中各控件的属性设置如表 2-6 所示。

表 2-6　窗体中各控件的属性设置

对　象	属　性	设　置　值
Label1	Caption	华氏温度
Label2	Caption	摄氏温度
Text1	Text	空
Text2	Text	空
Command1	Caption	华转摄
Command2	Caption	摄转华

【实验步骤】

第一步：创建如图 2-19 所示的窗体。

第二步：如表 2-6 所示，在属性窗口中设置各控件的属性。

第三步：编写华转摄 Command1_Click()代码。

```
Private Sub Command1_Click()
    f=Val(Text1.Text)
    c=5 * (f - 32) / 9
    Text2.Text=Str$(c)
End Sub
```

第四步：编写摄转华 Command2_Click()代码。

```
Private Sub Command2_Click()
    c=Val(Text2.Text)
    f=9 * c / 5 + 32
    Text1.Text=Str$(f)
End Sub
```

第五步：保存并运行。

任务三：选择结构程序设计

【实验目的】

1. 掌握逻辑表达式的正确书写形式。
2. 掌握单分支与多分支语句的使用方法。

【实验内容一】

编写一个密码测试程序，当用户输入的密码正确时，显示"你已成功进入本系统"，否则，显示"密码错误！请重新输入"。如果连续三次输入密码不正确，则提示"你无权实用本系统！"。

1. 设计一个如图 2-20 所示的窗体。窗体中包含 2 个标签、1 个文本框及 1 个按钮。

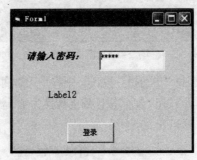

图 2-20　窗体界面

2. 利用 IF 语句实现密码检测。
3. 窗体中各控件的属性设置如表 2-7 所示。

表 2-7　窗体中各控件的属性设置

对　象	属　性	设　置　值
Label1	Caption	请输入密码
	Font	粗斜体、小四
Label2	Font	小四
Text1	PasswordChar	*
Text2	Text	空
Command1	Caption	登录

【实验步骤一】

第一步：创建如图 2-20 所示的窗体。

第二步：如表 2-7 所示，在属性窗口中设置各控件的属性。

第三步：编写登录 Command1_Click()事件代码。

```
Private Sub Command1_Click()
    Static I As Integer
    If UCase(Text1.Text)="ABCD" Then
    Label2.Caption="你已成功进入本系统!"
    ElseIf I<3 Then
    I=I+1
    Label2.Caption="密码错误！请重新输入"
```

```
        Text1.SetFocus
    Else
        Label2.Caption ="你无权使用本系统！"
    End If
End Sub
```

第四步：保存并运行，运行结果如图 2-21 所示。

图 2-21 运行结果

【实验内容二】

百货公司为了加速商品流通，采用购物打折扣的优惠办法。每位顾客一次购物：在 100 元以上，按九五折优惠；在 200 元以上，按九折优惠；在 300 元以上，按八五折优惠；在 500 元以上，按八折优惠。

1. 设计一个如图 2-22 所示的窗体。窗体中包含 2 个标签、2 个文本框及 2 个命令按钮。

2. 在文本框 1 中输入所购商品总额，单击"计算"按钮，在文本框 2 中输出优惠价格。

3. 单击"退出"按钮，结束程序运行。

4. 窗体中各控件的属性设置如表 2-8 所示。

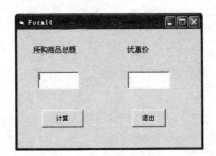

图 2-22 窗体界面

表 2-8 窗体中各控件的属性设置

对 象	属 性	设 置 值
Label1	Caption	所购商品总额
	Font	小四
Label2	Caption	优惠价
	Font	小四
Text1	Text	空
Text2	Text	空
Command1	Caption	计算
Command2	Caption	退出

【实验步骤二】

第一步：创建如图 2-22 所示的窗体。

第二步：如表 2-8 所示，在属性窗口设置各控件属性。

第三步：编写计算 Command1_Click()代码。

```
Private Sub Command1_Click()
    Dim x!, y!
```

```
    x=Val(Text1.Text)
    Select Case x
        Case Is < 100
            y=x
        Case Is < 200
            y=x * 0.95
        Case Is < 300
            y=x * 0.9
        Case Is < 500
            y=x * 0.85
        Case Else
            y=x * 0.8
    End Select
    Text2.Text=Str$(y)
End Sub
```

第四步：编写退出 Command2_Click()代码。

```
Private Sub Command2_Click()
    End
End Sub
```

第五步：保存并运行。

任务四：循环结构程序设计

【实验目的】

1. 了解循环结构语句的含义。
2. 掌握循环结构语句的使用。

【实验内容一】

编写一个程序，求 10 名同学的平均成绩。

1. 设计一个窗体。
2. 利用 InputBox 函数输入 10 名学生的考试成绩。
3. 利用 For 语句实现循环。

【实验步骤一】

第一步：创建一个窗体。

第二步：编写窗体单击 Form_Click()代码。

```
Private Sub Form_Click()
    Dim s!, x!
    For I=1 To 10
        x=Val(InputBox("请输入第" + Str(I) + "位同学成绩"))
        s=s + x
    Next I
    Print "平均成绩为: "; s / 10
End Sub
```

第三步：保存并运行，结果如图 2-23、图 2-24 所示。

图 2-23 InputBox 对话框

图 2-24 运行结果

【实验内容二】

编写程序，判断用户输入的数据是否为素数。所谓素数，即只能被 1 和其本身所整除的数。

1. 设计一个如图 2-25 所示的窗体。窗体包括 2 个标签、1 个文本框及 2 个按钮。

图 2-25 运行结果

2. 在文本框中输入数据，单击"判断"按钮，在标签 2 中输出判断结果。

3. 利用 While…Wend 语句实现循环。

4. 单击"退出"按钮，结束程序运行。

5. 窗体中各控件的属性设置如表 2-9 所示。

表 2-9 窗体中各控件的属性设置

对　　象	属　　性	设　置　值
Label1	Caption	请输入一个正数：
	Font	小四
Label2	Font	小四
Command1	Caption	判断
Command2	Caption	退出
Text1	Text	空

【实验步骤二】

第一步：创建如图 2-25 所示的窗体。

第二步：如表 2-9 所示，在属性窗口中设置各控件的属性。

第三步：编写代码。

（1）编写判断 Command1_Click()代码

```
Private Sub Command1_Click()
```

```
          Dim n!, k%, flag%, i%
          n=Val(Text1.Text)
          k=Int(Sqr(n))
          flag=0
          i=2
          While i <= k And flag=0
             If n Mod i=0 Then
                flag=1
             Else
                i=i + 1
             End If
          Wend
          If flag=0 Then
             Label2.Caption="是素数! "
          Else
             Label2.Caption="不是素数! "
          End If
      End Sub
```

（2）编写退出 Command2_Click()代码

```
Private Sub Command2_Click()
      End
End Sub
```

第四步：保存并运行，结果如图 2-25 所示。

任务五：数组

【实验目的】

1. 掌握数组的概念，数组的定义方法。

2. 掌握数组的使用。

3. 复习巩固 For 语句的使用。

【实验内容】

利用数组保存 7 位评委对某个参赛选手的评分，去掉一个最高分和一个最低分，求此选手的实际得分。

1. 设计一个窗体。

2. 利用 InputBox 输入评委的评分。

3. 在窗体上输出 7 位评委的评分。

4. 在窗体上输出选手的最后得分。

【实验步骤】

第一步：创建窗体。

第二步：编写 Form_Click()代码。

```
Private Sub Form_Click()
    Dim a(1 To 7) As Single      '定义数组
    Dim m, s, av As Single
    For i=1 To 7                 '将评分赋值到数组
```

```
      a(i)=Val(InputBox("请输入第" + Str(i) + "位评委的评分"))
    Next i
    For i=1 To 7              '在窗体上显示评分
        Print a(i);
    Next i
    Print
    For i=1 To 6              '排序
        For j=i + 1 To 7
            If a(i) > a(j) Then
                m=a(i): a(i)=a(j): a(j)=m
            End If
        Next j
    Next i
    For i=2 To 6
        s=s + a(i)
    Next i
    av=s / 5
    Print "实际得分为: "; av
End Sub
```

第三步：保存并运行，运行结果如图 2-26 所示。

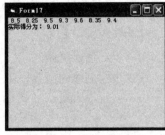

图 2-26　运行结果

任务六：过程

【实验目的】

1. 掌握函数、过程的含义与说明方法。

2. 掌握过程的调用方法。

【实验内容一】

编程计算 3! +4! +5! 的和。

1. 设计一个窗体。

2. 编写 n!子过程。

3. 调用子过程，在窗体上显示最终结果。

【实验步骤一】

第一步：创建窗体。

第二步：创建 n!子过程。

```
Private Sub jc(n%, p&)
    p=1
    For i=1 To n
        p=p*1
    Next i
End Sub
```

第三步：编写调用函数 Form_Click()代码。

```
Private Sub Form_Click()
    Dim a, b, c, d As Long
    Call jc(3, a)
    Call jc(4, b)
    Call jc(5, c)
    d=a + b + c
```

```
    Print "3!+4!+5!="; d
End Sub
```
第四步：保存并运行，运行结果如图 2-27 所示。

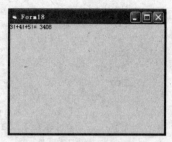

图 2-27　运行结果

【实验内容二】

将上一题利用函数方法实现。

1. 设计一个窗体。

2. 编写 n!函数过程。

3. 调用函数过程，在窗体上显示最终结果。

【实验步骤二】

第一步：创建窗体。

第二步：创建 n!函数过程。

```
Private Function jc(ByVal n As Integer) As Long
    jc=1
    For i=1 To n
        jc=jc * n
    Next i
End Function
```
第三步：编写调用函数 Form_Click()代码。

```
Private Sub Form_Click()
    Dim a&, b&, c&, d&
    a=jc(3)
    b=jc(4)
    c=jc(5)
    d=a + b + c
    Print "3!+4!+5!="; d
End Sub
```
第四步：保存并运行。

任务七：文件操作

【实验目的】

1. 掌握文件的概念。
2. 掌握顺序文件的特点和使用。

【实验内容】

1. 设计一个如图 2-28 所示的窗体，窗体包含 1 个文本框和 2 个按钮。

2. 当单击"保存"按钮时，可将文本框中输入的内容保存到顺序文件中。

3. 当单击"打开"按钮时，可将顺序文件的内容显示在文本框中。

4. 窗体中各控件的属性设置如表 2-10 所示。

图 2-28　运行结果

表 2-10 窗体中各控件的属性设置

对　　象	属　　性	设　置　值
Command1	Caption	打开
Command2	Caption	保存
Text1	Text	空
	MultiLine	True

【实验步骤】

第一步：创建如图 2-28 所示的窗体。

第二步：如表 2-10 所示，在属性窗口中设置各控件的属性。

第三步：编写"保存"Command2_Click()代码。

```
Private Sub Command2_Click()
    Open "tt.txt" For Output As #1        '打开文件
    Print #1, Text1.Text                  '写入内容
    Close #1
End Sub
```

第四步：编写"打开"Command1_Click()代码。

```
Private Sub Command1_Click()
    Dim str1 As String
    Text1.Text=""
    Open "tt.txt" For Input As #1
    Do While Not EOF(1)                   '当文件未结束时，执行循环体
        Line Input #1, str1               '读取一行到 str1 中
        Text1.Text=Text1.Text + str1 + Chr(13) + Chr(10)
    Loop
    Close #1
End Sub
```

第五步：保存并运行，运行结果如图 2-28 所示。

第 **3** 章 窗 体

Visual Basic 的窗体就是一张画纸，进入 Visual Basic 后，首先看到的是窗体，使用工具箱中的工具在窗体上进行界面设计，也可以使窗体属性"修饰"窗体。

3.1 知 识 要 点

3.1.1 窗体的结构

窗体的左上方是窗体的控制按钮和窗体标题，右上方有 3 个按钮，自左向右依次为窗体的"最小化"按钮、"最大化"按钮和"关闭"按钮。如果单击窗体的控制按钮，弹出下拉式窗体控制菜单，如图 3-1 所示。

图 3-1 窗体控制菜单

3.1.2 窗体常用的属性、事件和方法

1. 窗体的属性

属性用来表示对象的特征。由于窗体是所有控件的容器（在窗体上可以设置其他控件），所以窗体的属性几乎是最多的。窗体最常用的属性有 Caption 、名称（Name）、Picture、BackColor、ForeColor、BorderStyle、Height、Width、Left、Top、Visible、Enabled 等。

2. 窗体的事件

窗体的常用事件如下：

（1）加载/卸载事件

① Load 事件：窗体被载入内存时，触发 Form_ Load 事件，系统自动运行此子程序。该事件常用于对对象属性或程序中变量的初始化，即设定一些初值的操作。

② Unload 事件：运行程序后，关闭窗体时，触发 Unload 事件。

（2）窗体能识别的鼠标事件

触发相应的鼠标事件。

① Click 事件：单击窗体产生 Form_Click 事件，启动 Form_Click 事件程序代码运行。

② DblClick 事件：用鼠标双击窗体产生 Form_ DblClick 事件，并启动 Form_ DblClick 事件程序代码运行。

③ MouseDown 事件：在窗体上按下鼠标键时产生 Form_MouseDown 事件。

④ MouseUp 事件：在窗体上松开鼠标键时产生 Form_MouseUp 事件。

⑤ MouseMove 事件：在窗体上移动鼠标时产生 Form_MouseMove 事件。

（3）键盘事件

在窗体上，涉及键盘的事件主要有三个：

① KeyDown 事件：按下键盘上某个键时产生 KeyDown 事件。

② KeyUp 事件：按下键盘上某个键并释放时产生 KeyUp 事件。

③ KeyPress 事件：按下键盘上某个字符键时产生 KeyPress 事件（此事件先于 KeyUp 事件而后于 KeyDown 事件发生）。

3. 窗体的方法

在窗体中常用的还有以下方法：

（1）Cls 方法

Cls 方法用于清除窗体上的内容。

（2）Show 方法

Show 方法用于显示一个窗体对象。默认对象是与活动窗体模块关联的窗体。

（3）Hide 方法

Hide 方法用于隐藏一个窗体对象，该方法不能使窗体卸载。

（4）Move 方法

Move 方法用于移动窗体，并可改变窗体的大小。默认对象是当前窗体。

3.1.3　建立窗体和多窗体

1. 建立一个窗体

建立一个窗体的操作步骤如下：

第一步：设计用户界面。

利用工具箱中的控件，"画"出用户界面，可以通过以下两种方法添加控件：

① 把光标移到工具箱中的控件图标上，按下鼠标左键，然后松开鼠标左键将光标移到窗体上，此时光标由箭头变成"十"字。将"十"字移到窗体中预定的位置，按住鼠标左键拖拉成想要的尺寸；然后释放鼠标，一个控件就被添加到窗体上了。

② 在工具箱中双击一次控件图标，就有一个控件的图形将自动显示在窗体的中心位置，并在控件上依次显示"控件名称 1"，"控件名称 2"，……（多个控件叠放在一起的），按住鼠标左键不放，将各控件拖到所需位置，然后松开鼠标左键。

第二步：为窗体中的控件设置属性。

在 Visual Basic 中，每个对象都有若干属性。比如窗体有名称、标题、加载等属性，命令按钮有名称、标题以及按钮的尺寸属性等。不同的对象属性的类型和个数是不同的。通常在一个程序中用户并不需要用到一个对象的全部属性，而只需从属性中选用设置一部分属性值就可以了。

第三步：为各个对象编写事件过程代码。

属性设置完毕后，就可以给各个对象编写有关事件的过程代码了。过程代码是针对某个对象的事件编写的。

编写对象事件过程代码的一般操作步骤如下：

① 选择"视图"菜单中的"代码窗口"命令（也可以直接双击窗体或在工程资源窗口单击"查看代码"按钮）进入代码窗口。

② 在代码窗口的上端，左面是对象下拉列表框、右面是过程下拉列表框，单击对象列表框的下三角按钮，展开对象列表，选择其中的对象。用鼠标单击过程下拉列表框的下三角按钮，展开过程（事件）列表，选择其中的某个事件。如图 3-2 所示。

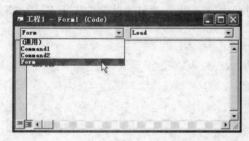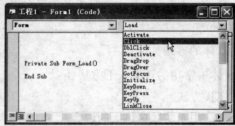

图 3-2　对象列表框和过程列表框

③ 此时代码窗口显示如下：

```
Private Sub 对象名_事件过程名()
End Sub
```

表示对名称为某对象的某事件过程进行代码设计，在上述两行命令之间输入相应的程序代码。

④ 对窗体上的每一个对象及其事件过程，都做上述同样的操作。

2. 建立多个窗体

第一步：进入一个新的工程后，把系统自动建立的一个窗体作为 1 号窗体。在这个窗体上添加控件，并设置属性。

第二步：选择"工程"菜单→"添加新窗体"命令，也可以右击"工程资源窗口"，在弹出的快捷菜单中选择"添加"→"添加窗体"命令，在弹出的窗口中选择"新建"选项卡再选择"窗体"图标，单击"打开"按钮，窗体 Form2 就建立起来了，在 Form2 窗体上添加控件，并设置属性。

第三步：分别为两个窗体编写各自的程序代码。

第四步：保存多窗体的工程文件。

应用程序中如果有两个以上窗体，就要分别保存，每个窗体模块对应一个窗体文件，还有一个工程文件。

保存窗体文件、工程文件的一般操作步骤如下：

第一步：选择"文件"→"Form1 另存为"命令，弹出"文件另存为"对话框。

第二步：在对话框中将文件名"Form1"改为用户命名的文件名，然后单击"保存"按钮。

第三步：选择"文件"→"另存为"命令，弹出"文件另存为"对话框；保存其余的各个窗体文件。

第四步：选择"文件"→"工程另存为"命令，弹出"文件另存为"对话框。

第五步：在对话框中将文件名"工程*"改为用户命名的文件名，然后单击"保存"按钮；所有文件保存完毕后，文件名会显示在工程资源窗口中。

3.2　习题解答与习题扩充

【3-1】建立多窗体的步骤有哪些？

【解】

（1）首先建立一个窗体，在这个窗体上添加控件，并分别设置有关的属性值。

（2）再选择"工程"菜单下的"添加新窗体"命令，则能够在同一个工程文件中再建立一个新的窗体，在添加新的窗体上添加控件，并分别设置有关的属性值。

（3）将添加的新窗体保存为另一个文件 Form2。按照"添加新窗体"的方法，能够在一个工程文件中建立多个窗体。

【3-2】什么是属性、事件、方法？

【解】

（1）属性是指对象（控件）的特征。

（2）事件是指由系统事先设置好的、能够被对象所识别和响应的动作。

（3）方法是指 Visual Basic 提供的一种特殊的子程序，用来完成一定的操作。

【3-3】窗体能识别的鼠标事件有哪些？窗体可以使用的方法主要有哪些？

【解】

窗体能识别的鼠标事件有：Click（单击）、DbClick（双单击）、MouseDown（按下鼠标键）、MouseDown（松开鼠标键）、MouseMove（松开鼠标键）等事件。

【扩充题】

【3-4】设计一个程序，在窗体上添加 4 个图像框，3 个命令按钮。程序运行后，当鼠标依次移动到 4 个图像框上时，图形文件的图形被装入图像框中，单击命令按钮 1，4 个图像框被同时装入另一种图形文件的图形，单击命令按钮 2，4 个图像框被同时装入又一种图形文件的图形。

【解】

第一步：建立一个窗体，在该窗体上添加 4 个图像框、3 个命令按钮。

第二步：分别将 4 个图像框体、3 个命令按钮设置属性，如表 3-1 所示。

表 3-1　设置各对象属性值

对　　象	属　　性	属性值的设置
窗体	Caption（标题）	Form1
	（名称）	Form1
图像框 1	（名称）	Image1
	Stretch	True
图像框 2	（名称）	Image2
	Stretch	True
图像框 3	（名称）	Image3

续表

对　　象	属　　性	属性值的设置
	Stretch	True
图像框 4	（名称）	Image4
	Stretch	True
命令按钮 1	Caption（名称）	变
	（名称）	Command1
命令按钮 2	Caption（标题）	变变
	（名称）	Command2
命令按钮 3	Caption（标题）	结束
	（名称）	Command3

第三步：根据例题要求，编写的程序代码如下：

```
Private Sub Command1_Click()
    Image1.Picture=LoadPicture("h:\体育运动\0535.jpg")
    Image2.Picture=LoadPicture("h:\体育运动\0531.jpg")
    Image3.Picture=LoadPicture("h:\体育运动\0532.jpg")
    Image4.Picture=LoadPicture("h:\体育运动\0533.jpg")
End Sub
Private Sub Command2_Click()
    Image1.Picture=LoadPicture("h:\体育运动\0002.bmp")
    Image2.Picture=LoadPicture("h:\体育运动\0007.bmp")
    Image3.Picture=LoadPicture("h:\体育运动\0008.bmp")
    Image4.Picture=LoadPicture("h:\体育运动\0009.bmp")
End Sub

Private Sub Image1_MouseMove(Button As Integer, Shift As Integer, X As Single,
Y As Single)
    Image1.Picture=LoadPicture("h:\树叶\0007.jpg")
End Sub

Private Sub Image2_MouseMove(Button As Integer, Shift As Integer, X As Single,
Y As Single)
    Image2.Picture=LoadPicture("h:\树叶\0012.jpg")
End Sub

Private Sub Image3_MouseMove(Button As Integer, Shift As Integer, X As Single,
Y As Single)
    Image3.Picture=LoadPicture("h:\树叶\0014.jpg")
End Sub

Private Sub Image4_MouseMove(Button As Integer, Shift As Integer, X As Single,
Y As Single)
    Image4.Picture=LoadPicture("h:\树叶\0031.jpg")
End Sub
```

```
Private Sub Command3_Click()
End
End Sub
```

第四步：运行程序后，当鼠标依次移动到 4 个图像框上时，图形文件的图形被装入图像框中，运行结果如图 3-3 所示。

图 3-3　习题 3-4 运行结果 1

单击命令按钮 1，另一种图形文件的图形被装入图像框中，运行结果如图 3-4 所示。

图 3-4　习题 3-4 运行结果 2

单击命令按钮 2，又一种图形文件的图形被装入图像框中，运行结果如图 3-5 所示。

图 3-5　习题 3-4 运行结果 3

3.3 上机实验

任务一：在窗体上添加控件

【实验目的】

学会在窗体上添加控件。

【实验内容】

建立一个窗体作为用户界面，自己选一幅图片装入窗体中，再设置 1 个文本框和 1 个命令按钮，程序运行后，首先在窗体上显示图片的画面，单击文本框，框内显示"这是我的操作界面！"字样，字体、字号自选，单击"结束"命令按钮，结束程序运行。

【实验步骤】

第一步：建立一个窗体，在该窗体上添加一个文本框和一个命令按钮，如图 3-6 所示。

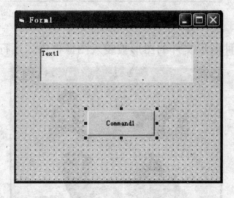

图 3-6 窗体上添加文本框和命令按钮

第二步：分别为窗体、文本框、按钮设置属性，如表 3-1 所示。

表 3-1 设置各对象属性值

对　象	属　性	设　置　值
窗体	Caption（标题）	习题操作 1
	（名称）	Form1
	FontSize（字体大小）	12
	FontName（字体）	黑体
命令按钮 1	Caption（标题）	结束
	（名称）	Command1
文本框 1	Text（标题）	空
	（名称）	Text 1

第三步：按照实例的要求，编写的程序如下：

```
Private Sub Form_Load()
```

```
    Form1.Picture=LoadPicture("C:\Document and Settings\All Users\Documents\ _
My Pictures\示例图片\sunset.jpg")
End Sub

Private Sub Text1_Click()
    Text1.Text="这是我的操作界面"
End Sub

Private Sub Command1_Click()
    End
End Sub
```

第四步：运行程序，单击文本框后，运行结果如图 3-7 所示。

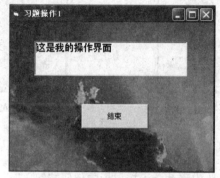

图 3-7　任务一的运行结果

任务二：鼠标事件的使用

【实验目的】

熟悉和掌握鼠标事件的使用。

【实验内容】

鼠标 MouseDown 事件、MouseUp 事件和 MouseMove 事件的程序代码。

（1）MouseDown 事件

在窗体上按下鼠标键时产生 Form_MouseDown 事件。

运行程序后，当在窗体中按下鼠标键按钮时，在窗体中显示"这是鼠标 MouseDown 事件的使用"、"按下鼠标键就会触发 MouseDown 事件"。

程序代码如下：

```
Private Sub Form_MouseDown(Button As Integer, Shift As Integer, X As Single,
Y As Single)
    Print "$$$$$这是鼠标MouseDown事件的使用$$$$$"
    Print "#####按下鼠标键就会触发MouseDown事件#####"
End Sub
```

运行该程序，当在窗体内按下鼠标左按钮时，在窗体中显示如图 3-8 所示。

（2）MouseUp 事件

在窗体上释放鼠标键时产生 Form_MouseUp 事件。

运行程序后，当在窗体中按下鼠标左按钮后，在松开鼠标左按钮时，在窗体中显示"这是

MouseUp 事件的使用"、"松开鼠标键就会触发 MouseUp 事件"。

程序代码如下：

```
Private Sub Form_MouseUp(Button As Integer, Shift As Integer, X As Single, Y
As Single)
    Print "———这是 MouseUp 事件的使用———"
    Print "*****按下鼠标键就会触发 MouseUp 事件*****"
End Sub
```

运行该程序后，在窗体内按下鼠标左按钮，松开鼠标左按钮时，在窗体中显示如图 3-9 所示。

图 3-8　MouseDown 事件运行结果　　　　图 3-9　MouseUp 事件运行结果

（3）MouseMove 事件

在窗体上移动鼠标时产生 Form_MouseMove 事件。

运行程序后，将鼠标在窗体内移动（不按鼠标的任何按钮）时，则会在窗体中连续显示"这是 MouseMove 事件的使用"、"在窗体中移动鼠标就会触发 MouseMove 事件"。

程序代码如下：

```
Private Sub Form_MouseMove(Button As Integer, Shift As Integer, X As Single,
Y As Single)
    Print "%%%%这是 MouseMove 事件的使用%%%%"
    Print "!!在窗体中移动鼠标就会触发 MouseMove 事件!!"
End Sub
```

运行该程序，在窗体中移动鼠标时，在窗体中就会连续输出运行结果，如图 3-10 所示。

图 3-10　MouseMove 事件运行结果

任务三：键盘事件的使用

【实验目的】

熟悉和掌握键盘事件的使用。

【实验内容】

键盘事件 KeyDown、KeyUp、KeyPress 的程序代码例题。

【实验步骤】

（1）了解 KeyDown 事件

按下键盘上任意键时产生 KeyDown 事件

运行程序后，按下键盘上任意一个键，在窗体中输出"这是 KeyDown 事件，按下键盘上任意键时就产生 KeyDown 事件"

程序代码如下：

```
Private Sub Form_KeyDown(KeyCode As Integer, Shift As Integer)
    Print "这是 KeyDown 事件，按下键盘上任意一个键时就产生此事件"
    Print "画一个距离窗体上沿 2000 微点、左沿 2000 微点、半径为 500 微点的圆"
        Circle (2000, 2000), 500
End Sub
```

运行该程序，按下键盘上任意一个键，在窗体中输出结果如图 3-11 所示。

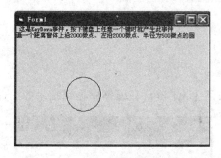

图 3-11　KeyDown 事件运行结果

（2）KeyUp 事件

按下键盘上任意一个键后释放（松开）时产生 KeyUp 事件。

运行该程序，用户在键盘上按下任意一个键后释放该键时，窗体中输出"这是 KeyUp 事件，按下键盘上某个键后在释放时就产生此事件"、"画三条线组成一个三角"。

程序代码如下：

```
Private Sub Form_KeyUp(KeyCode As Integer, Shift As Integer)
    Print "这是 KeyUp 事件，按下键盘上某个键后在释放时就产生此事件"
    Print "画三条线组成一个三角"
    Line (1400, 1000)-(1400,2500)
    Line -(2800, 2500)
    Line -(1400, 1000)
End Sub
```

运行该程序，用户在键盘上按下任一个键后在释放该键时，窗体中输出如图 3-12 所示。

（3）KeyPress 事件

按下键盘上某个字符键时产生 KeyPress 事件（此事件先于 KeyUp 事件而后于 KeyDown 事件发生）。

运行程序后，按下键盘上任意一个键，在窗体中输出"这是 KeyPress 事件，用户敲击键盘上某字符键触发此事件"、"画四条线组成一个正方形"。同时在窗体上显示所按的键的 ASCII 码和键名。

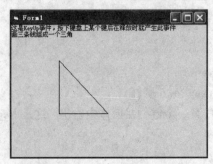

图 3-12　KeyUp 事件运行结果

程序代码如下：

```
Private Sub Form_KeyPress(KeyAscii As Integer)
    Print "这是 KeyPress 事件，用户敲击键盘上某字符键触发此事件"
    Print "画四条线组成一个正方形"
    Print KeyAscii, Chr$(KeyAscii)
    Line (1400, 1000)-(1400, 3000)
    Line -(3400, 3000)
    Line -(3400, 1000)
    Line -(1400, 1000)
    End Sub
```

运行该程序，在键盘上按下【A】键，在窗体中输出结果如图 3-13 所示。

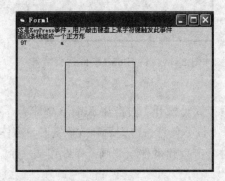

图 3-13　KeyPress 事件运行结果

第 **4** 章 | Visual Basic 基本控件

这一章主要目的是让读者熟悉 Visual Basic 中的 12 个基本控件，练习它们的各种常用属性的使用方法，并且要熟悉各种控件常用的事件。常用的控件有：命令按钮、标签、文本框、复选框、单选按钮、框架、列表框、组合框、滚动条、图片框、图像框、计时器。

4.1　知 识 要 点

4.1.1　控件相关的概念

下面是这一章的知识要点，先来回顾一下与控件相关的基本概念。

（1）属性：属性是控件的特征，每个属性定义控件的一种特征（如大小、颜色等）。

（2）方法：方法是某个控件可以执行的一种操作，例如：Additem 是组合框控件可以执行的一种操作，它为组合框中添加新的项目，因此 Additem 是组合框控件的一种方法。

（3）事件：事件是由控件识别的操作（如鼠标的单击或拖动），可以为其编写代码来作为对该操作的响应。

（4）小例子：如果希望按下一个按钮控件，使一个背景色为红色的标签控件移动位置。那么，红色的背景色是标签的一个属性。而移动（move）是标签控件所能执行的一个方法。至于这个移动的动作什么时候执行，要把它放到按钮控件的一个 Click 事件过程中,当按钮 Ckick 事件发生时,用 Click 事件过程让标签移动。

4.1.2　基本控件的操作步骤

1．向一个窗体上添加某个基本控件的操作步骤

（1）Visual Basic 开发环境中，在"视图"菜单下，选择工具箱。

（2）在工具箱中单击要添加的控件。

（3）在窗体上按住鼠标左键拖动，将控件"画"到窗体上。

2．在属性窗口中修改某个控件的操作步骤

（1）在"视图"菜单下，打开属性窗口。

（2）一定要先单击，选中要修改的控件。

（3）然后在属性窗口中，找到相应的属性，选择属性值，进行修改。如果属性太多，还可以在属性窗口上单击按分类排序，把属性分类，方便查找。

3．编写某个控件的事件代码的操作步骤

（1）在"视图"菜单下，打开代码窗口。

（2）在代码窗口顶部的下拉列表框中选择相应的控件，以及相应的事件。

（3）在窗体中会自动生成该事件过程代码框架，在其中填写代码。

4.2　习题解答与习题扩充

【4-1】设计一个程序，在窗体上设置 2 个命令按钮，分别是"显示"和"退出"，单击"显示"按钮，窗体上显示"可视化程序设计语言 Visual Basic"，字体大小为 18，单击"退出"按钮结束程序运行。

【解】

第一步：在窗体上添加 2 个按钮。

第二步：分别将 2 个按钮的名称属性修改为 Cmdshow、Cmdend；Caption 属性修改为：显示、退出。

第三步：将窗体的 Font 属性中的字体大小修改为 18。

第四步：分别编写 2 个按钮的 Click 事件代码如下：

```
Private Sub Cmdshow_Click()
    Form1.Print "可视化程序设计语言 Visual Basic"
End Sub
Private Sub Cmdend_Click()
    End
End Sub
```

第五步：运行结果如图 4-1 所示。

图 4-1　习题 4-1 的用户界面

【4-2】设计一个程序，在窗体上设置 3 个命令按钮，分别是"开始"、"下一个"和"退出"，程序界面如图 4-2 所示。程序刚开始时，只有"开始"可以单击，其他 2 个按钮呈灰色；当单击"开始"按钮，输入任意一个正整数，判断它是否为偶数，如果是，则打印"是偶数"字样；否，则打印"不是偶数"字样，此时"下一个"和"退出"2 个按钮成为有效，"开始"按钮呈灰色。当单击"下一个"按钮，继续输入下一个正整数，作用同前；当单击"退出"按钮，结束程序运行。

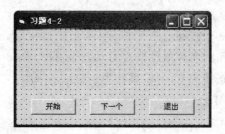

图 4-2　习题 4-2 的用户界面

【解】

第一步：在窗体上添加 3 个按钮，并按照题目要求排列好。

第二步：分别修改 3 个按钮的名称属性为：Cmdstart、Cmdnext、Cmdend。

第三步：分别修改 3 个按钮的 Caption 属性为：开始、下一个、退出。

第四步：分别修改 Cmdnext 按钮和 Cmdend 按钮的 Enabled 属性为 False。

第五步：编写事件代码如下：

```
Private Sub Cmdend_Click()
    End
End Sub
Private Sub Cmdnext_Click()
   Dim x As Single
   x=InputBox("请输入一个正整数")
   If x Mod 2=0 Then
     Form1.Print "是偶数"
   Else
     Form1.Print "不是偶数"
   End If
End Sub
Private Sub Cmdstart_Click()
   Dim x As Single
   x=InputBox("请输入一个正整数")
   If x Mod 2=0 Then
     Form1.Print "是偶数"
   Else
     Form1.Print "不是偶数"
   End If
   Cmdnext.Enabled=True
   Cmdend.Enabled=True
   Cmdstart.Enabled=False
End Sub
```

【4-3】设计一个程序，窗体上设置 3 个命令按钮，名称和作用如下：

DisPlay[&D]——用于显示某一字符串。

Clears[&C] ——用于清屏。

Exitl[&X] ——用于结束程序运行。

字符串由用户自己定义。

【解】

第一步：在窗体上添加 3 个按钮。

第二步：分别将 2 个按钮的名称属性修改为 Cmddisplay、Cmdclears、Cmdexit1。

第三步：分别修改 3 个按钮的 Caption 属性为：Display[&D]、Clears[&C]、Exit[&X]。

第四步：编写事件代码如下：

```
Private Sub Cmdclears_Click()
    Form1.Cls
End Sub


Private Sub Cmddisplay_Click()
    Form1.Print "请在此处添加你想要的字符串"
End Sub

Private Sub Cmdexit1_Click()
    End
End Sub
```

第五步：运行结果如图 4-3 所示。

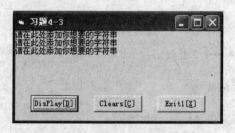

图 4-3 　习题 4-3 的用户界面

【4-4】设计一个程序，在窗体上设置 2 个文本框和 2 个标签，标签上分别显示"摄氏温度"和"华氏温度"，文本框一个用于输入摄氏温度，另一个用于输出对应的华氏温度，摄氏温度 C 与华氏温度 F 的转换公式是：$C=(5/9)*(F-32)$。

提示：本题可用文本框的 Change 事件。另外可增设适当的命令按钮控制程序运行。

【解】

第一步：在窗体上添加 2 个标签框、2 个文本框和 1 个按钮。

第二步：分别修改 2 个标签框的名称属性为：Lblsheshi、Lblhuashi。

第三步：修改标签框的 Caption 属性符合题目要求。

第四步：分别修改 2 个文本框的名称属性为：Txtsheshi、Txthuashi。

第五步：修改按钮名称属性为 Cmdexit。

第六步：编写事件代码如下：

```
Private Sub Cmdexit_Click()
    End
End Sub


Private Sub Form_Load()
```

```
    Txthuashi.Text=""
    Txtsheshi.Text=""
End Sub

Private Sub Txtsheshi_Change()
    Dim c As Single
    Dim f As Single
    c=Val(Txtsheshi.Text)
    f=c * (9 / 5) + 32
    Txthuashi.Text=Str$(f)
End Sub
```

第七步：运行结果如图 4-4 所示。

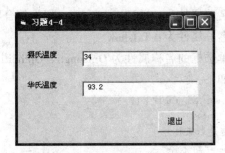

图 4-4　习题 4-4 的用户界面

【4-5】在窗体上设置 2 个文本框、2 个标签和 1 个命令按钮，2 个标签分别显示"第一个文本框"和"第二个文本框"，Text1 中键入"白日放歌须纵酒"，Text2 中键入"青春做伴好还乡"，命令按钮的标题为"交换"，设计程序，实现 2 个文本框内容的交换，即程序初始运行如图 4-5（a）所示，单击"交换"按钮后的运行结果如图 4-5（b）所示。

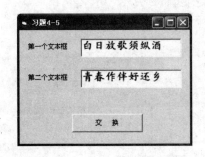

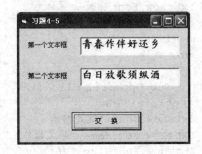

图 4-5（a）　程序初始运行画面　　　　图 4-5（b）　单击"交换"按钮后的运行结果

【解】

第一步：在窗体上添加 2 个标签框、2 个文本框、1 个按钮。

第二步：分别修改 2 个标签框的名称属性为：Lblfirst、Lblsecond。

第三步：修改标签框的 Caption 属性符合题目要求。

第四步：分别修改两个文本框的名称属性为：Txtfirst、Txtsecond。

第五步：设置两个文本框的 Font 属性，使字体符合题目要求。

第六步：修改按钮名称属性为 Cmdchange。

第七步：编写事件代码如下：

```
Private Sub Cmdchange_Click()
    Dim x As String
    x=Txtfirst.Text
    Txtfirst.Text=Txtsecond.Text
    Txtsecond.Text=x
End Sub
```

【4-6】设计一个程序，窗体上含有 1 个标签、1 个文本框和 4 个单选按钮，利用 4 个单选按钮控制在文本框中显示宋体、黑体、楷体及仿宋体等 4 种不同的字体。

【解】

第一步：在窗体上添加 1 个标签框、1 个文本框、4 个单选框。

第二步：修改标签框的名称属性为：Lblflag，Caption 属性符合题目要求。

第三步：修改文本框的名称属性为：Txtshow。

第四步：分别修改 4 个单选框的名称属性为 Optsongti、Optheiti、Optkaiti、Optfangsongti。

第五步：编写事件代码如下：

```
Private Sub Optfangsongti_Click()
    If Optfangsongti Then
        txtshow.Text="这是新宋体"
        txtshow.FontName="新宋体"
        txtshow.FontSize="26"
    End If
End Sub

Private Sub Optheiti_Click()
    If Optheiti Then
        txtshow.Text="这是黑体"
        txtshow.FontName="黑体"
        txtshow.FontSize="26"
    End If
End Sub

Private Sub Optkaiti_Click()
    If Optkaiti Then
        txtshow.Text="这是楷体"
        txtshow.FontName="华文楷体"
        txtshow.FontSize="26"
    End If
End Sub

Private Sub Optsongti_Click()
    If Optsongti Then
        txtshow.Text="这是宋体"
        txtshow.FontName="宋体"
        txtshow.FontSize="26"
    End If
End Sub
```

第六步：运行效果如图 4-6 所示。

【4-7】设计一个程序，窗体上含有 1 个标签、1 个文本框和 4 个复选框，利用 4 个复选框来控制在文本框中义字的字体、字形、字号及颜色。运行结果如图 4-7 所示。

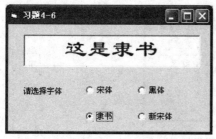

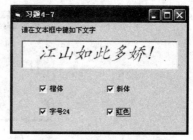

图 4-6   习题 4-6 的用户界面 　　　　　　　　图 4-7   习题 4-7 运行结果

【解】

第一步：在窗体上添加 1 个标签框、1 个文本框、4 个复选框。

第二步：修改标签框的名称属性为：Lblflag，修改标签框的 Caption 属性符合题目要求。

第三步：修改文本框的名称属性为：Txtshow。

第四步：分别修改 4 个复选框的名称属性为 Chkkaiti、Chkxieti、Chkzihao、Chkred。

第五步：编写事件代码如下：

```
Private Sub Chkkaiti_Click()
   If Chkkaiti Then
     txtshow.FontName="华文楷体"
   Else
     txtshow.FontName="宋体"
   End If
End Sub

Private Sub Chkred_Click()
   If Chkred Then .
     txtshow.ForeColor=QBColor(12)  '代表红色
   Else
     txtshow.ForeColor=QBColor(0)   '代表黑色
   End If
End Sub

Private Sub Chkxieti_Click()
   If Chkxieti Then
     txtshow.FontItalic=True
   Else
     txtshow.FontItalic=False
   End If
End Sub

Private Sub Chkzihao_Click()
   If Chkzihao Then
     txtshow.FontSize=24
   Else
     txtshow.FontSize=10
   End If
End Sub
```

【4-8】利用计时器控件和一个文本框建立一个电子时钟界面。把窗体的 Caption 属性设置为"电子时钟"，计时器控件名称为 Timer1，Interval 属性值设定为 1 000，运行效果如图 4-8 所示。

图 4-8　习题 4-8 运行结果

【解】

第一步：在窗体上添加 1 个文本框和 1 个计时器。

第二步：分别将两个控件名称属性修改为 Txtshow、Timer1，计时器 Interval 属性修改为 1 000。

第三步：将文本框的 Font 属性修改，使其符合题目要求。

第四步：编写事件代码如下：

```
Private Sub Timer1_Timer()
    h=Hour(Now)
    If h < 12 Then
      Txtshow.Text="上午 " + Time$
    Else
      Txtshow.Text="下午 " + Time$
    End If
End Sub
```

【4-9】设计一个程序，在列表框中列出所有九九乘法表中的算式，用户界面需要设置一个列表框、一个标签（Caption 属性值为：在列表框中显示的是九九乘法表中所有的算式）、一个"显示结果"命令按钮，程序运行后，单击命令按钮，列表框中显示九九乘法表中的算式，运行效果如图 4-9 所示。提示：程序中用到循环语句，请参阅第一部分第 2 章有关内容。

图 4-9　习题 4-9 程序运行结果

【解】

第一步：在窗体上添加 1 个标签框、1 个列表框和 1 个按钮。

第二步：分别修改名称属性为：Lstshow、Lblshow、Cmdshow。

第三步：修改标签框和按钮的 Caption 属性符合题目要求。

第四步：编写事件代码如下：

```
Private Sub Cmdshow_Click()
   If Lstshow.ListCount=0 Then
   For i=1 To 9 Step 1
     For j=1 To 9 Step 1
        Lstshow.AddItem Str$(i) + " * " + Str$(j) + "=" + Str$(i * j)
     Next j
   Next i
   End If
End Sub
```

【4-10】设计程序，把若干课程名放入组合框，然后对组合框进行项目显示、添加、删除及全部删除等操作。用户界面包括：两个标签，分别显示"研修课程"、"研修课程总数"，一个组合框用于显示研修课程，一个文本框用于显示研修课程总数，4 个命令按钮分别表示"添加"、"删除"、"全清"和"退出"。界面运行效果如图 4-10 所示。

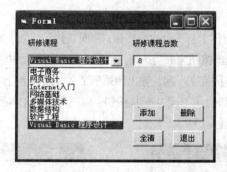

图 4-10　习题 4-10 运行结果

【解】

第一步：在窗体上添加 2 个标签框、1 个文本框和 4 个按钮。

第二步：修改控件名称属性为：Lbl1、Lbl2、Cboshow、Txtshow、Cmdadd、Cmddelete、Cmdexit。

第三步：编写事件代码如下：

```
Private Sub Cmdadd_Click()
   Cboshow.AddItem Cboshow.Text
   Cboshow.Text=Cboshow.List(Cboshow.ListCount - 1)
   Txtshow.Text=Str$(Cboshow.ListCount)
End Sub

Private Sub Cmdclear_Click()
   Cboshow.Clear
   Txtshow.Text=Str$(Cboshow.ListCount)
End Sub

Private Sub Cmddelete_Click()
   If Cboshow.ListCount <> 0 Then
     Cboshow.RemoveItem (ListIndex)
     Cboshow.Text=Cboshow.List(0)
   End If
   Txtshow.Text=Str$(Cboshow.ListCount)
```

```
End Sub

Private Sub Cmdexit_Click()
End
End Sub

Private Sub Form_Load()
    Cboshow.AddItem "电子商务"
    Cboshow.AddItem "网页设计"
    Cboshow.AddItem "Internet 入门"
    Cboshow.AddItem "网络基础"
    Cboshow.AddItem "多媒体技术"
    Cboshow.AddItem "数据结构"
    Cboshow.AddItem "软件工程"
    Cboshow.Text=Cboshow.List(0)
    Txtshow.Text=Str$(Cboshow.ListCount)
End Sub
```

【扩充题】

【4-11】 设计一个程序，窗体上有 3 个命令按钮"字符拼接"、"数字相加"和"退出"，3 个文本框。将字符拼接按钮为活动按钮，退出按钮为取消按钮。当在前两个文本框中输入内容后，单击字符拼接按钮时，将前两个文本框中的字符串拼接在一起，输出到第三个文本框，运行效果如图 4-11（a）所示；当在前两个文本框中输入的都是数字时，单击数字相加按钮，则把前两个文本框中的数字加起来，显示在第三个文本框。运行效果如图 4-11（b）所示。

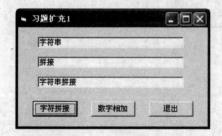

图 4-11（a）　字符串拼接运行结果

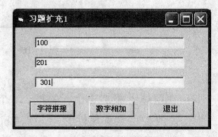

图 4-11（b）　数字相加运行结果

【解】

第一步：创建对象：1 个窗体、3 个按钮和 3 个文本框，如图 4-11（a）所示。

第二步：设置属性，如表 4-1 所示。

表 4-1　设置各对象属性值

对　　象	属　　性	属性值的设置
窗体	（名称）	Form1
	Caption	习题扩充 1
按钮 1	（名称）	Command1
	Caption	字符拼接
	Default	True

续表

对　象	属　性	属性值的设置
按钮 2	（名称）	Command2
	Caption	数字相加
按钮 3	Cancel	True
	（名称）	Command3
	Caption	退出
文本框 1	（名称）	Text1
	Text	空
文本框 2	（名称）	Text2
	Text	空
文本框 3	（名称）	Text3
	Text	空

第三步：编写代码如下：

```
Private Sub Command1_Click()
    Text3.Text=Text1.Text + Text2.Text
End Sub

Private Sub Command2_Click()
    x=Val(Text1.Text) + Val(Text2.Text)
    Text3.Text=Str$(x)
End Sub

Private Sub Command3_Click()
    End
End Sub
```

【4-12】设计一个程序，窗体上有 1 个带竖直滚动条的多行文本框、2 个按钮"显示文本"和"退出"，单击显示文本后，在文本框中显示李白的著名诗句，单击"退出"按钮后退出程序，运行效果如图 4-12 所示。

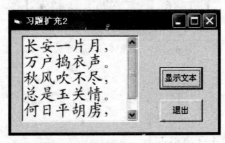

图 4-12　习题 4-12 运行效果

【解】

第一步：创建对象：1 个窗体、2 个按钮和 1 个文本框（见图 4-12）。

第二步：设置属性，如表 4-2 所示。

表4-2   设置各对象属性值

对　　象	属　　性	属性值的设置
窗体	（名称）	Form1
	Caption	习题扩充2
按钮1	（名称）	Command1
	Caption	字符拼接
按钮2	（名称）	Command2
	Caption	数字相加
文本框1	（名称）	Text1
	Text	空
	Multiline	True
	ScrollBar	2

第三步：编写代码如下：

```
Private Sub command1_Click()
    Text1.Text="长安一片月，万户捣衣声。
    秋风吹不尽，总是玉关情。何日平胡虏，良人罢远征？ "
End Sub
Private Sub Command2_Click()
    End
End Sub
```

【4-13】设计一个程序，窗体上有一个命令按钮"退出"。在文本框中显示李白的诗，单选按钮用来选择不同的诗句。两个复选框用来确定诗句字体的颜色是否变红和是否斜体。运行效果如图4-13所示。

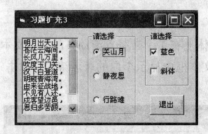

图4-13   习题4-13运行效果

【解】

第一步：创建对象：1个命令按钮、1个文本框、2个框架、3个单选按钮和2个复选框。（见图4-13）。

第二步：设置属性，如表4-3所示。

表4-3   设置各对象属性值

对　　象	属　　性	属性值的设置
窗体	（名称）	Form1
	Caption	习题扩充3

续表

对　　象	属　　性	属性值的设置
按钮 1	（名称）	Command1
	Caption	退出
文本框 1	（名称）	Text1
	Text	空
	Multiline	True
	ScrollBar	2
框架 1	（名称）	Frame1
	Caption	请选择
框架 2	（名称）	Frame2
	Caption	请选择
单选按钮 1	（名称）	Option1
	Caption	关山月
单选按钮 1	（名称）	Option2
	Caption	静夜思
单选按钮 1	（名称）	Option3
	Caption	行路难
复选框 1	（名称）	Check1
	Caption	蓝色
复选框 1	（名称）	Check2
	Caption	斜体

第三步：编写代码如下：

```
Private Sub Check1_Click()
    If Check1 Then
    Text1.ForeColor=QBColor(9)    '代表红色
    Else
    Text1.ForeColor=QBColor(0)    '代表黑色
    End If
End Sub

Private Sub Check2_Click()
    If Check2 Then
    Text1.FontItalic=True
    Else
    Text1.FontItalic=False
    End If
End Sub

Private Sub Command1_Click()
    End
End Sub
```

```
Private Sub Option1_Click()
    If Option1 Then
    Text1.Text="明月出天山，苍茫云海间。 长风几万里，吹度玉门关。
汉下白登道，胡窥青海湾。 由来征战地，不见有人还。
戍客望边邑，思归多苦颜。 高楼当此夜，叹息未应闲。"
    End If
End Sub

Private Sub Option2_Click()
    If Option2 Then
    Text1.Text="床前明月光，疑是地上霜。举头望明月，低头思故乡。"
    End If
End Sub

Private Sub Option3_Click()
    If Option3 Then
    Text1.Text="行路难！行路难！多歧路，今安在？
长风破浪会有时，直挂云帆济沧海。"
    End If
End Sub
```

【4-14】设计一个程序，窗体包含一个图像框，一个水平滚动条，效果如图 4-14 所示，滑动滚动条可以调整图像框的大小，单击图片框还可以更换图片（每单击一次换一张，共有三张，循环更换）。

图 4-14　习题 4-14 运行效果

【解】

第一步：创建对象：1 个窗体、1 个图像框和 1 个水平滚动条（见图 4-14）。

第二步：设置属性，如表 4-4 所示。

表 4-4　设置各对象属性值

对　　象	属　　性	属性值的设置
窗体	（名称）	Form1
	Caption	习题扩充 4
图像框 1	（名称）	Image1
	Stretch	True

续表

对 象	属 性	属性值的设置
水平滚动条 1	（名称）	HScroll1
	Max	3000
	Min	500
	Smallchange	10
	Largechange	300

第三步：编写代码如下：

```
Dim n As Integer
Private Sub Form_Load()
    Image1.Picture=LoadPicture("C:\Documents and Settings\ _
    All Users\Documents\My Pictures\示例图片\Water lilies.jpg")
    Image1.Width=600
    Image1.Height=400
    n=0
End Sub

Private Sub HScroll1_Change()
    Image1.Width=HScroll1.Value
    Image1.Height=HScroll1.Value * (2000 / 3000)
End Sub

Private Sub Image1_Click()
    Select Case (n Mod 3)
      Case 0
        Image1.Picture=LoadPicture("C:\Documents and Settings\ _
    All Users\Documents\My Pictures\示例图片\Water lilies.jpg")
      Case 1
        Image1.Picture=LoadPicture("C:\Documents and Settings\ _
    all Users\Documents\My Pictures\示例图片\Winter.jpg")
      Case 2
        Image1.Picture=LoadPicture("C:\Documents and Settings\ _
    All Users\Documents\My Pictures\示例图片\Sunset.jpg")
    End Select
    n=n + 1
End Sub
```

【4-15】设计一个倒计时的小程序，窗体包含 2 个命令按钮"开始"和"暂停"，1 个文本框，1 个标签框，1 个计时器。要求在文本框中输入倒计时秒数，单击"开始"按钮后，在标签框中显示倒计时，单击"暂停"按钮可以恢复或继续倒计时，如图 4-15 所示。

图 4-15 习题 4-15 运行效果

【解】

第一步：创建对象：1 个窗体、2 个命令按钮、1 个文本框、1 个标签框和 1 个计时器（见图 4-15）。

第二步：设置各对象属性值，如表 4-5 所示。

表 4-5　设置各对象属性值

对　　象	属　　性	属性值的设置
窗体	（名称）	Form1
	Caption	习题扩充 5
按钮 1	（名称）	Command1
	Caption	开始
按钮 2	（名称）	Command2
	Caption	暂停
文本框 1	（名称）	Text1
	Text	空
标签框 1	（名称）	Label1
	Caption	空
计时器 1	（名称）	Timer1
	Interval	1000

第三步：编写代码如下：

```vb
Dim flag As Boolean  '标志倒计时状态
Dim time As Integer  '记录所剩余时间

Private Sub Command1_Click()
    flag=True
    time=Val(Text1.Text)
End Sub

Private Sub Command2_Click()
    flag=Not (flag)
End Sub

Private Sub Form_Load()
    Text1.Text="20"
    time=Val(Text1.Text)
End Sub

Private Sub Timer1_Timer()
    If flag=True Then
      Label1.Caption="还有" + Str$(time) + "秒"
      time=time - 1
    End If
End Sub
```

【4-16】设计 1 个程序、2 个列表框、2 个命令按钮"--->"和"<---"，如图 4-16 所示。程序运行时，左右两个列表框中分别显示出若干个常用控件的名称，单击命令按钮"--->"可以将左边列表框中的选中的内容移动到右边的列表框，单击命令按钮"<---"可以将右边列表框中的选中的内容移动到左边的列表框。

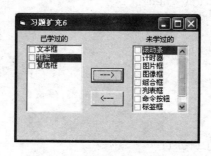

图 4-16　习题 4- 16 运行效果

【解】

第一步：创建对象：2 个列表框和 2 个命令按钮（见图 4-16）。

第二步：设置属性，如表 4-6 所示。

表 4-6　设置各对象属性值

对　　象	属　　性	属性值的设置
窗体	（名称）	Form1
	Caption	习题扩充 6
标签框 1	（名称）	Lable1
	Caption	已学过的
标签框 2	（名称）	Lable2
	Caption	未学过的
按钮 1	（名称）	Label1
	Caption	--->
按钮 2	（名称）	Text1
	Caption	<---
列表框 1	（名称）	List1
	Style	1
列表框 2	（名称）	List2
	Style	1

第三步：编写代码如下：

```
Private Sub Command1_Click()
    n=List1.ListCount
    i=0
    j=0
    Do While i <= n - 1
      If List1.Selected(i) Then
```

```
        List2.AddItem List1.List(i)
      End If
      i=i + 1
    Loop
    Do While j <= n - 1
      If List1.Selected(j) Then
        List1.RemoveItem j
        j=j - 1
        n=n - 1
      End If
      j=j + 1
    Loop
End Sub

Private Sub Command2_Click()
    n=List2.ListCount
    i=0
    j=0
    Do While j <= n - 1
      If List2.Selected(i) Then
        List1.AddItem List2.List(i)
      End If
      i=i + 1
    Loop
    Do While i <= n - 1
      If List2.Selected(j) Then
        List2.RemoveItem j
        j=j - 1
        n=n - 1
      End If
      j=j + 1
    Loop
End Sub

Private Sub Form_Load()
    List1.AddItem "命令按钮"
    List1.AddItem "标签框"
    List1.AddItem "文本框"
    List1.AddItem "框架"
    List1.AddItem "单选按钮"
    List1.AddItem "复选框"
    List2.AddItem "滚动条"
    List2.AddItem "计时器"
    List2.AddItem "图片框"
    List2.AddItem "图像框"
    List2.AddItem "组合框"
    List2.AddItem "列表框"
End Sub
```

4.3 上机实验

任务一：设计一个登录窗体

【实验目的】

1. 掌握标签框、文本框、命令按钮控件的使用方法。
2. 掌握它们常用属性。
3. 熟悉它们常用的事件。

【实验内容】

1. 设计一个窗体，该窗体中包括 4 个标签框、3 个文本框和 3 个按钮。设置它们的属性，并编写相应的事件代码，如图 4-17（a）所示。

2. 窗体初始状态 3 个文本框为空，4 个标签框中文字居中对齐，文本框下方的标签框内容初始为空。

3. 单击示例按钮时，3 个文本框中显示相应的示例内容，如图 4-17（a）所示。

4. 单击"重填"按钮时，将 3 个文本框清空。

5. 单击"提交"按钮时，在空白标签框上显示提交成功的提示信息，并且使示例按钮、重填按钮不可见，使提交按钮变为不可用，效果如图 4-17（b）所示。

图 4-17（a） 单击示例按钮后的效果

图 4-17（b） 单击提交按钮后的效果

【实验步骤】

第一步：在窗体上添加 4 个标签框、3 个文本框和 3 个按钮，如图 4-18 所示。

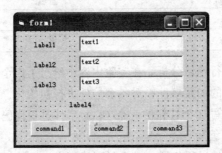

图 4-18 任务一的界面设计图

第二步：修改各个对象的属性，如表 4-7 所示。

表 4-7　设置各对象属性值

对　　象	属　　性	属性值的设置
窗体	（名称）	Form1
	Caption	上机实验一
标签框 1	（名称）	Lblname
	Caption	姓名
	Aligment	2
标签框 2	（名称）	Lblpassword
	Caption	口令
	Aligment	2
标签框 3	（名称）	Lbladdress
	Caption	地址
	Aligment	2
标签框 4	（名称）	Lblshow
	Caption	空
	Aligment	2
文本框 1	（名称）	Txtname
	Text	空
文本框 2	（名称）	Txtpassword
	Text	空
	PasswordChar	*
	Maxlength	8
文本框 3	（名称）	Txtaddress
	Text	空
命令按钮 1	（名称）	Cmdexample
	Caption	示例
命令按钮 2	（名称）	Cmdagain
	Caption	重填
命令按钮 3	（名称）	Cmdsubmit
	Caption	提交

　　第三步：编写代码前，进行题目分析。在实验内容中给出了四个要求，第一个是针对窗体初始状态的要求，这需要在窗体的加载事件中对各个控件进行初始化，后三个要求是针对 3 个按钮单击之后的要求，需要我们编写 3 个按钮的三个 Click 事件过程代码。下面就先从对控件的初始化开始，进行事件过程代码的编写。

　　第四步：编写窗体加载事件过程代码。进入代码编写窗口，选择窗体 Form 的 Load 事件，并编写代码如下：

```
Private Sub Form_Load()
    Txtname.Text=""
```

```
    Txtpassword.Text=""
    Txtaddress.Text=""
End Sub
```

第五步：编写示例按钮的 Click 事件代码如下：

```
Private Sub Cmdexample_Click()
    Txtname.Text="小龙女"
    Txtpassword.Text="1234"
    Txtaddress.Text="longnv@hotmail.com"
End Sub
```

第六步：编写重填按钮的 Click 事件代码如下：

```
Private Sub Cmdagain_Click()
    Txtname.Text=""
    Txtpassword.Text=""
    Txtaddress.Text=""
    Txtname.SetFocus
End Sub
```

第七步：编写提交按钮的 Click 事件代码如下：

```
Private Sub Cmdsubmit_Click()
    Lblshow.Caption="您的信息已提交！"
    Cmdexample.Visible=False
    Cmdagain.Visible=False
    Cmdsubmit.Enabled=False
End Sub
```

第八步：运行调试，正确无误后保存文件。

任务二：设计一个资料搜集窗体

【实验目的】

1. 掌握框架、单选按钮、复选框控件的使用方法。

2. 练习使用框架将单选按钮分组。

3. 掌握上面三个控件相关的属性、事件的使用以及代码的编写。

【实验内容】

1. 设计一个窗体，该窗体中包括 3 个框架、6 个标签框、5 个单选按钮（分为两组）、4 个复选框和 2 个按钮。设置它们的属性，并编写相应的事件代码。

2. 初始状态文本框为空，性别选中"男"，学院选中"理学院"，爱好均未选中，如图 4-19（a）所示。

图 4-19（a） 任务二初始状态

3．选择单选按钮时，5个单选按钮被分为两组（每组同时只可单独选中一个）。

4．当所有填写内容和选择内容完成后，单击"确定"按钮，将所选择的结果在标签框中输出，如图4-20（b）所示。

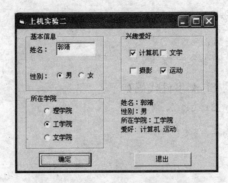

图4-20（b）　任务二最终效果

5．单击"退出"按钮时，关闭窗口，退出应用程序。

【实验步骤】

第一步：在窗体上添加3个框架、6个标签框和5个单选按钮，如图4-21所示。

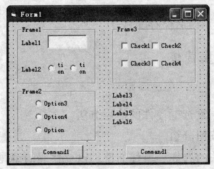

图4-21　任务二界面设计图

第二步：尝试拖动框架，察看框架上的控件是否跟框架一起移动，如果没有一起移动，需要重新完成第一步。并注意，先在窗体上添加框架，然后在向框架中添加相应的控件，这样才能使框架中的控件都属于框架，而不是仅仅浮在框架上。

第三步：如表4-8所示，修改相应控件的属性。

表4-8　设置各对象属性值

对　　象	属　　性	属性值的设置
窗体	（名称）	Form1
	Caption	上机实验二
标签框1	（名称）	Label1
	Caption	姓名
	Aligment	2

续表

对　象	属　性	属性值的设置
标签框 2	（名称）	Label2
	Caption	性别
	Aligment	2
标签框 3	（名称）	Label3
	Caption	空
标签框 4	（名称）	Label4
	Caption	空
标签框 5	（名称）	Label5
	Caption	空
标签框 6	（名称）	Label6
		空
文本框 1	（名称）	Text1
	Text	空
单选按钮 1	（名称）	Optnan
	Caption	男
单选按钮 2	（名称）	Optnv
	Caption	女
单选按钮 3	（名称）	Option1
	Caption	理学院
单选按钮 4	（名称）	Option2
	Caption	工学院
单选按钮 5	（名称）	Option3
	Caption	文学院
复选框 1	（名称）	Check1
	Caption	计算机
复选框 2	（名称）	Check2
	Caption	文学
复选框 3	（名称）	Check3
	Caption	摄影
复选框 4	（名称）	Check4
	Caption	运动
命令按钮 1	（名称）	Command1
	Caption	确定
命令按钮 2	（名称）	Command2
	Caption	退出

第四步：编写代码前进行题目分析：本题中首先要求初始状态时两个特定的单选按钮被选中，所以需要我们在窗体的 load 事件中对程序进行初始化。所有其他的操作都是在单击相应的命令按钮后完成的，因此还要编写各按钮的 Click 事件过程代码。下面先来编写窗体的 load 事件过程代码。

第五步：编写窗体的 load 事件过程代码如下：

```vb
Private Sub Form_Load()
    Optnan.Value=True
    Option1.Value=True
End Sub
```

第六步：编写确定按钮和退出按钮的事件过程代码如下：

```vb
Private Sub Command1_Click()
    '输出姓名
    Label3.Caption="姓名: " + Text1.Text
    '输出性别
    If Optnan Then
      Label4.Caption="性别: 男"
    Else
      Label4.Caption="性别: 女"
    End If
    '输出所在学院
    If Option1 Then
      Label5.Caption="所在学院: 理学院"
    End If
    If Option2 Then
      Label5.Caption="所在学院: 工学院"
    End If
    If Option3 Then
      Label5.Caption="所在学院: 文学院"
    End If
    '确定兴趣爱好
    Dim x As String
    x="爱好:"
    If Check1 Then
      x=x + " 计算机"
    End If
    If Check2 Then
      x=x + " 文学"
    End If
    If Check3 Then
      x=x + " 摄影"
    End If
    If Check4 Then
      x=x + " 运动"
    End If
    '输出兴趣爱好
    Label6.Caption=x
End Sub
```

```
Private Sub Command2_Click()
    End
End Sub
```

第七步：观察代码中一行代码的前面有 "'" 这种符号的那些行（注释行），在 Visual Basic 中它们的颜色，并思考下列问题：它们是否参与程序的执行？这些注释行的存在，是否使你在第一次看这段程序时能更快的理解这段较长的程序？注释行的作用是什么？

第八步：调试程序，确定正确无误后，保存文件。

任务三：图片、图像框的使用练习

【实验目的】

1. 练习图像框和图片框的使用方法。

2. 熟悉上述两个控件的属性，以及常用的事件。

3. 比较两个控件的异同。

【实验内容】

1. 设计一个窗体，该窗体中包括 1 个图片框、1 个图像框和 3 个按钮。

2. 图片框的 Autosize 属性设置为 False，图像框的 Stretch 属性设置为 False。

3. 单击相应的按钮在上述两个控件中显示相应的图片。例如，图 4-22 为单击"夏天的荷花"按钮后的效果。

4. 分别调整图片框的 Autosize 属性和图像框的 Stretch 属性，并总结规律。

5. 验证图片框是一个容器性控件，而图像框则不是。

【实验步骤】

第一步：如图 4-23 所示，添加相应的控件，并调整大小。

图 4-22　任务三运行效果

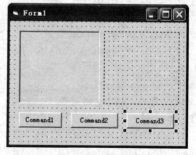

图 4-23　任务三界面设计图

第二步：如表 4-9 所示，修改相应控件的属性。

表 4-9　设置各对象属性值

对　　象	属　　性	属性值的设置
窗体	（名称）	Form1
	Caption	上机实验三

续表

对　象	属　性	属性值的设置
图像框 1	（名称）	Picture1
	autosize	False
图像框 1	（名称）	Image1
	stretch	true
按钮 1	（名称）	Command1
	caption	冬天的原野
按钮 2	（名称）	Command2
	caption	夏天的荷花
按钮 3	（名称）	Command3
	caption	秋天的落日

第三步：分别编写 3 个按钮的 Click 事件过程代码如下，实现单击相应的按钮后，显示相应的图片（读者的计算机相应的目录中不一定有同样的图片，读者可自行更换图片以及代码中相应的文件地址）。

```
Private Sub Command1_Click()
    Picture1.Picture=LoadPicture("C:\Documents and Settings_
    \All Users\Documents\My Pictures\示例图片\Winter.jpg")
    Image1.Picture=LoadPicture("C:\Documents and Settings_
    \All Users\Documents\My Pictures\示例图片\Winter.jpg")
End Sub

Private Sub Command2_Click()
    Picture1.Picture=LoadPicture("C:\Documents and Settings_
    \All Users\Documents\My Pictures\示例图片\Water lilies.jpg")
    Image1.Picture=LoadPicture("C:\Documents and Settings_
    \All Users\Documents\My Pictures\示例图片\Water lilies.jpg")
End Sub

Private Sub Command3_Click()
    Picture1.Picture=LoadPicture("C:\Documents and Settings_
    \All Users\Documents\My Pictures\示例图片\Sunset.jpg")
    Image1.Picture=LoadPicture("C:\Documents and Settings_
    \All Users\Documents\My Pictures\示例图片\Sunset.jpg")
End Sub
```

第四步：在刚才程序的基础上，分别修改图片框的 Autosize 属性和图像框的 Stretch 属性的值，做四次实验（包括刚才的一次）。

```
Autosize=false    stretch=false
Autosize=false    stretch=true
Autosize=true     stretch=false
Autosize=true     stretch=true
```

观察结果，总结出如下规律：

- 图片框中图片大小不会变化，但当 Autosize 属性为 True 时，图片框会根据图片的大小调整，反之则不能。
- 图像框本身大小不会变化，但当 Stretch 属性为 True 时，图像框中的图片会根据图像的大小调整，反之则不能。

第五步：在刚才的程序基础上，修改某个按钮添加的图片为一个"Windows 位元图"文件（Office 中的剪贴画就是"Windows 位元图"，后缀名为.wmf）。再去观察图片框与其中图片的大小关系，然后再尝试其他的图片格式，再观察，从而得出规律。图片框只有在装载 Windows 位元图格式的文件时，图片框中的文件会自动调整大小，其余格式均不会自动调整大小。

第六步：在本题目界面的基础上，在图片框和图像框上分别加上一个按钮，然后拖动两个控件，观察之，发现规律。图片框上的按钮会跟着图片框一起移动，而图像框上的按钮则不会。这说明，图片框是一个容器性控件，而图像框则不是。

任务四：设计一个小游戏

【实验目的】

1. 练习滚动条控件的使用方法。
2. 练习计时器控件的使用方法。
3. 熟悉上面两个控件的属性，以及常用的事件。

【实验内容】

1. 设计一个小游戏，效果如图 4-24（a）所示。该窗体中包括 5 个标签框、2 个按钮、1 个文本框、1 个水平滚动条和 1 个计时器。

2. 窗体初始状态文本框为空，标签框显示如图 4-24（a）所示。窗体运行时计时器开始计时。

3. 在文本框中输入单词时，按下任何一个键，文本框中的字符串都会颠倒过来，用来扰乱玩家的输入。

4. 变动滚动条时，游戏的难度加大（要求输入单词的长度加大，共有三个级别）。如图 4-24（b）所示的是调整为中等难度后的界面。

5. 利用计时器控件在窗体出现后从 600 秒开始倒计时，并且每秒钟在标签框中显示一次所剩时间。

6. 单击"确定"按钮后，进行结果的评判，并在最下面的标签框中输出是胜利还是失败。例如成功的界面如图 4-24（c）所示。

7. 要求单击"重玩"按钮时，文本框清空，计时重新开始。

　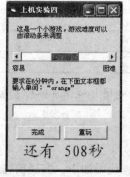　

图 4-24（a）　运行效果 a　　　图 4-24（b）　运行效果 b　　　图 4-24（c）　运行效果 c

【实验步骤】

第一步：如图 4-25 所示，在窗体上添加 5 个标签框、2 个按钮、1 个文本、1 个水平滚动条和 1 个计时器，并调整大小。

第二步：在窗体上添加一个竖直滚动条，并对题目中要求的水平滚动条进行对比观察，查看属性是否都相同，响应事件是否都相同。最后删除竖直滚动条。

第三步：运行窗体，看是否能看到计时器控件。改变计时器控件的大小，再次观察。

图 4-25　任务四界面设计图

第四步：如表 4-10 所示，修改相应控件的属性。

表 4-10　设置各对象属性值

对　　象	属　　性	属性值的设置
窗体	（名称）	Form1
	Caption	上机实验四
标签框 1	（名称）	Label1
标签框 2	(名称)	Label2
	Caption	容易
标签框 3	（名称）	Label3
	Caption	困难
标签框 4	（名称）	Label4
标签框 5	（名称）	Label5
文本框 1	（名称）	Text1
	Text	空
命令按钮 1	（名称）	Command1
	Caption	确定
命令按钮 2	（名称）	Command2
	Caption	退出
水平滚动条 1	（名称）	HScroll1
	Min	0
	Max	2
	Smallchange	1
计时器 1	（名称）	Timer1
	Interval	1000

第五步：在通用声明中声明两个变量 time 和 word，分别用来存放所剩游戏时间和要求输入的单词，代码如下：

```
Dim time As Integer
Dim word As String
```

第六步：编写窗体 load 事件过程代码如下，实现窗体上控件的初始化。

```
Private Sub Form_Load()
    Label1.Caption="这是一个小游戏，游戏难度可以由滚动条来调整"
    Label4.Caption="要求在 600 秒内，在文本框输入单词："apple""
    time=600
    word="apple"
End Sub
```

第七步：编写文本框的 KeyPress 事件过程代码如下，使文本框在输入文字时，会自动地反转字符串。

```
Private Sub Text1_KeyPress(KeyAscii As Integer)
    Text1.Text=StrReverse(Text1.Text)
End Sub
```

第八步：编写完成按钮的 Click 事件代码如下，使确定按钮被单击后，进行结果的评判。

```
Private Sub Command1_Click()
    If Text1.Text=word Then
      Label5.Caption="你胜利了！"
      Timer1.Enabled=False
    Else
      Label5.Caption="还是不对！"
      Timer1.Enabled=False
    End If
End Sub
```

第九步：编写重填按钮的 Click 事件代码如下：

```
Private Sub Command2_Click()
    Text1.Text=""
    time=600
End Sub
```

第十步：编写滚动条的 Change 事件代码如下：

```
Private Sub HScroll1_Change()
    Select Case HScroll1.Value
      Case 0
        Label4.Caption="要求在 6 百秒内，在下面文本框输入单词："apple""
        word="apple"
      Case 1
        Label4.Caption="要求在 6 百秒内，在下面文本框输入单词："orange""
        word="orange"
      Case 2
        Label4.Caption="要求在 6 百秒内，在下面文本框输入单词："watermelon""
        word="watermelon"
    End Select
End Sub
```

第十一步：编写计时器的 Timer 事件代码如下：

```
Private Sub Timer1_Timer()
    If time >= 0 Then
      Label5.Caption="还有" + Str$(time) + "秒"
      time=time - 1
    Else
      Text1.Enabled=False
    End If
End Sub
```

第十二步：运行程序，测试程序的正确性，保存文件。

第十三步：尝试将 Timer1 控件的 Tnterval 属性修改为 2000，再次运行程序，观察计时有何变化。

第十四步：改变水平滚动条的 Smallchange 属性为其他值，观察当你拖动滚动条时，和以前的情况有什么不同。

第十五步：尝试修改滚动条的 Max 属性为 3，这样可以通过修改程序代码，将游戏的难度改为四个级别。修改后的滚动条 Change 事件过程代码如下：

```
Private Sub HScroll1_Change()
    Select Case HScroll1.Value
      Case 0
        Label4.Caption="要求在 6 分钟内，在文本框输入单词：  "apple" "
        word="apple"
      Case 1
        Label4.Caption="要求 6 分钟内，在下面文本框输入单词：  "orange" "
        word="orange"
      Case 2
        Label4.Caption="要求在 6 分钟内，在文本框输入单词：  "watermelon" "
        word="watermelon"
      Case 3
      Label4.Caption="要求 6 分钟内，在文本框输入单词：  "watermelons" "
      word="watermelons"
      End Select
End Sub
```

任务五：列表框、组合框的使用练习

【实验目的】

1. 练习列表框控件的使用方法。
2. 练习组合框控件的使用方法。
3. 熟悉上面两个控件的属性，以及常用的事件。

【实验内容】

1. 设计一个窗体，该窗体中包括 1 个列表框、1 个组合框和 4 个按钮。

2. 列表框用来存放著名诗人的名字，组合框用来显示列表框中选中诗人的主要作品。

3. 窗体加载后，列表框中有两个诗人：李白、杜甫，组合框中无项目。单击列表框中相应的诗人名字后，列表框中加入该诗人的著名作品，如图 4-26 所示。

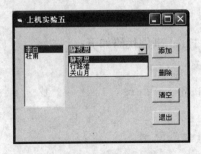

图 4-26　任务五运行效果

4. 在组合框中填入新的作品名，然后单击"添加"按钮，能将该作品名加入到组合框中。

5. 在组合框中选择某个作品后，单击"删除"按钮，能将该作品删除。

6. 单击"清空"按钮，则组合框中的所有内容清空。

7. 单击"退出"按钮则退出应用程序。

【实验步骤】

第一步：向窗体上添加相应的控件，并调整大小、位置，如图 4-27 所示。

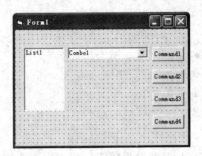

图 4-27　任务五界面设计

第二步：按照表 4-11 的要求修改相应控件的属性。

表 4-11　设置各对象属性值

对　　象	属　　性	属性值的设置
窗体	（名称）	Form1
		上机实验五
列表框 1	（名称）	List1
	Style	0
组合框 2	（名称）	Combo1
	Text	空
	Style	0
命令按钮 1	（名称）	Command1
	Caption	添加
命令按钮 2	（名称）	Command2
	Caption	删除
命令按钮 3	（名称）	Command3
	Caption	清空
命令按钮 4	（名称）	Command4
	Caption	退出

第三步：编写窗体的 load 事件过程代码如下，向列表框中添加两个诗人的名字。

```
Private Sub Form_Load()
    List1.AddItem "李白"
    List1.AddItem "杜甫"
End Sub
```

第四步：编写列表框的 Click 事件过程代码，实现选择相应的诗人后，组合框中会出现他的著名作品的功能。

```
Private Sub List1_Click()
    Combo1.Clear
    If List1.Text="李白" Then
        Combo1.AddItem "静夜思"
        Combo1.AddItem "行路难"
        Combo1.AddItem "关山月"
        Combo1.Text=Combo1.List(0)
    End If
    If List1.Text="杜甫" Then
        Combo1.AddItem "望岳"
        Combo1.AddItem "兵车行"
        Combo1.AddItem "春夜喜雨"
        Combo1.Text=Combo1.List(0)
    End If
End Sub
```

第五步：编写添加按钮的 Click 事件过程代码，实现向组合框中添加项目的功能。

```
Private Sub Command1_Click()
    Combo1.AddItem Combo1.Text
    Combo1.Text=Combo1.List(Combo1.ListCount - 1)
End Sub
```

第六步：编写删除按钮的 Click 事件过程代码，实现删除组合框中选中项目的功能。

```
Private Sub Command2_Click()
    If Combo1.ListCount <> 0 Then
      Combo1.RemoveItem (ListIndex)
      Combo1.Text=Combo1.List(0)
    End If
End Sub
```

第七步：编写清空、退出按钮的 Click 事件过程代码，实现清空组合框以及退出程序功能。

```
Private Sub Command3_Click()
    Combo1.Clear
End Sub

Private Sub Command4_Click()
    End
End Sub
```

第八步：运行程序，测试程序的正确性，保存文件。

第九步：尝试改变列表框和组合框的 Style 属性，观察它们的变化。

第 **5** 章 数据的输入与输出

本章对在程序设计中涉及到的输入、输出操作做一些讨论，通过具体操作，逐步了解 InputBox 函数、MsgBox 函数、MsgBox 语句和 Print 方法在可视化程序设计中的作用，并能够灵活应用。

5.1 知 识 要 点

1. InputBox 函数

【格式】

<变量名>=InputBox[$] (<提示内容> [,对话框标题][,<默认内容>][,<X 坐标>,<Y 坐标>])

【功能】

函数产生一个输入对话框，等待用户在输入对话框的文本框中输入字符型数据，用户输入数据并单击"确定"按钮，系统将输入的数据赋给赋值号左边的变量，若单击"取消"按钮，系统将空字符串赋给赋值号左边的变量。

例如，利用对话框输入姓名。在立即窗口输入下述命令并执行后，出现图 5-1 "输入信息"对话框。

Name=InputBox("请输入你的姓名","输入信息","xxxxxx")

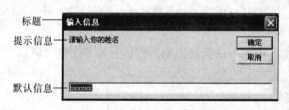

图 5-1 InputBox 函数使用方法

2. MsgBox 函数

【格式】

<变量名>=MsgBox(<消息内容>[,<按钮值>[,<对话框标题>]])

【功能】

在窗口显示消息内容，并将用户关闭消息框时所选择的命令按钮信息返回给变量。信息窗口的图标、按钮的数量和按钮的形式与<按钮值>相关，如：

　　xx=Msgbox("没有图标，一个"确定"按钮",0,"按钮图标信息1")

按钮值为 0，表示只有一个"确定"按钮，运行结果如图 5-2（a）所示的对话框。

　　xx=Msgbox(""？"号图标，"确定"和"取消"按钮",32+1,"按钮图标信息2")

按钮值为 32+1，其中"32"表示窗口显示  图标，"1"则表示包含"确定"和"取消"两个命令按钮。运行结果如图 5-2（b）所示的对话框。

图 5-2（a）　MsgBox 函数应用 1　　　　　图 5-2（b）　MsgBox 函数应用 2

　　xx=Msgbox(""！"号图标，"是"和"否"按钮",48+4,"按钮图标信息3")

按钮值为 48+4，其中"48"表示窗口显示 ⚠ 图标，"4"表示包含"是"和"否"两个命令按钮。运行结果如图 5-2（c）所示的对话框。

图 5-2（c）　MsgBox 函数应用 3

3. MsgBox 语句

【格式】

MsgBox（<消息内容> [,<按钮值>[,<对话框标题>]]）

【功能】

在窗口显示消息内容，由用户选择操作项，即单击某个按钮（例如，"是"、"否"、"确定"、"取消"等）执行操作。

　　与 MsgBox 函数的区别：

MsgBox 语句没有返回值，常用于较简单的信息提示。

4. Print 方法

【格式】

[<对象名.>] Print [<输出列表>]

【功能】

在<对象>上输出字符串或表达式的值。

【输出格式】

① 标准格式

输出项之间用"，"分隔，每项之间按标准格式输出（以 14 个字符为一个标准区段）。

② 紧凑格式

输出项之间用";"分隔，每项之间按紧凑格式输出（输出数值时在数值前有一个符号位，数值后空一个字符位置）。

③ 利用 Tab() 函数指定输出列的具体位置。

④ 利用 Spc() 函数输出空格。

（4）输出行的控制方法

① Print 语句末端处没有符号

下一条 Print 语句在下一行的第一个标准位置输出。

② Print 语句末端处有符号","

下一条 Print 语句在当前行的下一个标准位置输出。

③ Print 语句末端处有符号";"

下一条 Print 语句紧接当前行的下一个紧凑位置输出。

5.2　习题解答与习题扩充

【5-1】编写程序，用 InputBox 函数输入数据。

```
Private Sub Form_Click()
    msg1$="请输入姓名"
    msgtitle$="学生情况登记表"
    msg2$="请输入年龄"
    msg3$="请输入性别"
    msg4$="请输入籍贯"
    Studname$=InputBox(msg1$, msgtitle$)
    Studage$=InputBox(msg2$, msgtitle$)
    Studsex$=InputBox(msg3$, msgtitle$)
    Studhome$=InputBox(msg4$, msgtitle$)
    Cls
    Print Studname$; "," ; Studsex$; ",现年";
    Print Studage$; "岁"; ","; Studhome$; "人"
End Sub
```

【解】

（1）程序功能

用 InputBox 函数输入学生的姓名、年龄、性别和籍贯，用 Print 方法在窗体上输出学生信息。

（2）运行结果

当执行到 Studname$=InputBox(msg1$, msgtitle$)语句时，显示如图 5-3（a）所示的输入姓名对话框，和图 5-3（a）完全类似，可以通过 InputBox 函数对话框输入年龄（20）、性别（女）及籍贯（北京）等数据后，最后显示结果如图 5-3（b）所示。

（a）输入姓名　　　　　　　　　　　　　　（b）输出结果

图 5-3　输入姓名和输出结果

【5-2】编写程序，试验 MsgtBox 函数的功能。

```
Private Sub Form_Click()
    msg1$=""
    Msg2$=""
    r=MsgBox(msg1$, 34, Msg2$)
    Print r
End Sub
```

【解】

单击窗体时弹出一个标题栏为空白，消息内容为空白，包含"终止"、"重试"和"忽略"三个按钮的对话框，如图 5-4 所示。当单击对话框上的"终止"、"重试"和"忽略"按钮时，分别对应的输出项为 3、4、5。

图 5-4 习题 5-2 运行结果

【5-3】下面程序段输出结果是什么？

（1）x=8

```
    Print  x+1; x+2; x+3
```

【解】

用 Print 方法以紧凑方式输出表达式 x+1、x+2 和 x+3 的值，在每个数值前有一个符号位（数值>0 符号位为空格，数值<0 符号位为"−"），数值后有一个空字符。

输出结果：

```
9 10 11
```

（2）x=8.6

```
    y=Int (x+0.5)
    Print  "y="; y
```

【解】

输出结果为：

```
y=9
```

说明：

在赋值语句 y = Int(x+0.5)中用到截尾取整函数，所以执行该语句后变量 y 的值为数值型数据"9"，在 Print 方法中以紧凑格式输出"字符串原样照印"和变量。

【5-4】编写程序，通过 InputBox 函数输入 4 个数，计算并在窗体上输出这 4 个数的和及其平均值。

【解】

第一步：创建窗体。

第二步：设置属性，主要属性如表 5-1 所示。

表 5-1 "习题 5-4"主要属性值表

对　象	属　性	设　置　值
Form（窗体）	Caption	求一组数据的和与平均值
Command1	Caption	输入数据
Command2	Caption	取消

第三步：编写代码。

编写 Command1_Click()代码为：

```
Private Sub Command1_Click()
    s=0
    average=0
    Dim a(4)
    For i=1 To 4
        msg="输入第" + Str(i) + "个数据"
        a(i)=InputBox(msg, "输入信息")
        s=s + a(i)
    Next i
    average=s / 4
    Print
    Print Spc(5); "数据和为:"; a(1); "+"; a(2); "+"; a(3); "+"; a(4); "="; s
    Print
    Print Spc(5); "平均值为: ";"("; a(1); "+"; a(2); "+"; a(3); "+"; _
    a(4); ")"; "/4 ="; average
End sub
```

第四步：运行。

与图 5-5（a）所示的情况完全类似，通过 InputBox 函数对话框分别输入第 1 个（89）、第 2 个（69）、第 3 个（680）和第 4 个（55）数，最后运行结果如图 5-5（b）所示。

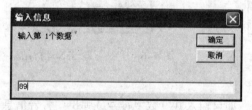

图 5-5（a）　输入第一个数据

图 5-5（b）　输出结果

【5-5】编写程序，要求输入下列信息：姓名、年龄、通信地址、邮政编码、联系电话，然后用适当的格式在窗体上显示出来。

【解】

第一步：创建窗体。

第二步：设置属性，主要属性如表 5-2 所示。

表 5-2 "习题 5-5"主要属性值表

对　象	属　性	设　置　值
Form（窗体）	Caption	输出个人信息
Form	Font	宋体、粗体、五号

第三步：编写代码。

编写 Form_Click()代码：

```
Private Sub Form_Click()
    xm=InputBox("请输入姓名: ", "输入信息")
    Age=InputBox("请输入年龄: ", "输入信息")
    Addres=InputBox("请输入通信地址: ", "输入信息")
    Pp=InputBox("请输入邮政编码: ", "输入信息")
    Phon=InputBox("请输入联系电话: ", "输入信息")
    Print
    Print Spc(4); "姓名: "; xm
    Print
    Print Spc(4); "年龄: "; Age
    Print
    Print Spc(4); "通信地址: " + Addres
    Print
    Print Spc(4); "邮政编码: " + Pp
    Print
    Print Spc(4); "联系电话: "; Phon
End Sub
```

第四步：运行。

图 5-6（a）是输入姓名对话框，和图 5-6（a）完全类似，可以通过 InputBox 函数对话框输入年龄（30）、通信地址（北京大学）、邮政编码（100871）及联系电话（62752114）等数据，最后显示结果如图 5-6（b）所示。

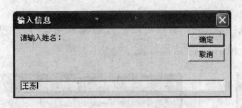
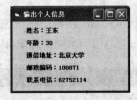

图 5-6（a）输入姓名对话框　　　　　　图 5-6（b）习题 5-5 运行结果

【扩充题】

【5-6】窗体的文本框中输入字母和各种字符，如果输入 0~9 数字符号，弹出"警告信息"对话框。

【解】

第一步：创建窗体，在窗体上添加 1 个标签、1 个文本框，如图 5-7（a）所示。

图 5-7（a）输入信息主窗口

第二步：设置属性，主要对象属性如表 5-3 所示。

表 5-3 "习题 5-6"主要属性值表

对 象	属 性	设 置 值
Label1	Caption	请输入信息
Text1	Caption	
Form	Caption	MsgBox 函数应用

第三步：编写代码。

过程代码如下：

```
Private Sub Text1_KeyPress(KeyAscii As Integer)
    Static xx As String
    If KeyAscii >= 48 And KeyAscii <= 57 Then
        MsgBox "对不起，不能输入数字！", 48 + 0, "警告信息"
        KeyAscii=0
    End If
End Sub
```

当输入 0~9 数字符号时，弹出如图 5-7（b）所示"警告信息"对话框。

【5-7】单击窗体，在窗体上输出九九乘法表，如图 5-8 所示。

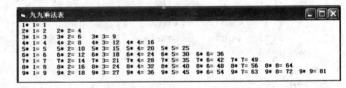

图 5-7（b）　"警告信息"对话框　　　　图 5-8　输出九九乘法表

【解】

第一步：创建窗体。

第二步：编写代码。

编写 Form_Click()代码：

```
Private Sub Form_Click()
    For i=1 To 9
        For j=1 To i
            Print Tab(j * 10 - 9); Str(i) + "*" + Str(j) + "=" + Str(i * j);
        Next j
        Print
    Next i
End Sub
```

【5-8】输入 n 个学生的姓名和考试成绩，按成绩降序输出学生姓名、成绩。

【解】

第一步：创建窗体。

第二步：编写代码。

编写 Form_Click()代码：

```
Private Sub Form_Click()
    n=InputBox("输入学生人数：", "人数")
    ReDim stu(n, 2)
```

```
For i=1 To n                                '输入n个学生的姓名和成绩
    stu(i, 1)=InputBox("输入学生姓名: ", "姓名")
    stu(i, 2)=Val(InputBox("输入学生成绩: ", "成绩"))
Next i
For i=1 To n-1                              '按成绩降序排序
    For j=i + 1 To n
        If stu(i, 2) < stu(j, 2) Then
            xm=stu(i, 1)
            cj=stu(i, 2)
            stu(i, 1)=stu(j, 1)
            stu(i, 2)=stu(j, 2)
            stu(j, 1)=xm
            stu(j, 2)=cj
        End If
    Next j
Next i
Print
Print Tab(5); "姓名";                       '输出学生的姓名和成绩
Print Tab(15); "成绩"
Print Tab(4); String(18, "-")
For i=1 To n
    Print Tab(5); stu(i, 1);
    Print Tab(15); stu(i, 2)
Next i
End Sub
```

第三步：运行。

如图 5-9（a）是输入学生人数对话框，和图 5-9（a）完全类似，可以通过 InputBox 函数对话框输入学生姓名、成绩等数据，最后显示结果如图 5-9（b）所示。

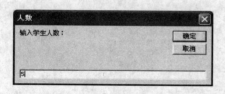

图 5-9（a）　输入学生人数

图 5-9（b）　输出结果

5.3　上机实验

任务一：Input Box 函数应用

【实验目的】

1. 掌握 InputBox 函数的功能。
2. 学习利用 InputBox 函数设计一个从键盘输入数据的应用程序。

【实验内容】

利用 InputBox 函数输入 n 个数值，求出这 n 个数中的最大值和最小值，并在窗体上显示出这

n 个数据，以及这组数中的最大值和最小值。

【实验步骤】

第一步：创建窗体，在窗体中设置 2 个命令按钮和 3 个标签，如图 5-10 所示。

图 5-10　任务一窗体组成

第二步：设置属性，主要对象属性见表 5-4。

第三步：编写代码。

编写 Command1_Click()代码：

```
Private Sub
    s=0
    n=InputBox("请输入数据个数", "数据数量信息")
    ReDim a(n)
    If n <> "" Then
        For i=1 To n
            msg="输入第" + Str(i) + "个数据"
            a(i)=InputBox(msg, "输入信息")
            s=s + a(i)
        Next i
    End If
    NumMax=a(1)
    NumMin=a(1)
    sj=Str(a(1))
    For i=2 To n
        sj=sj + Str(a(i))
        If a(i) > NumMax Then NumMax=a(i)
        If a(i) < NumMin Then NumMin=a(i)
    Next i
    Label1.Caption="数据为: " + sj
    Label2.Caption="最大值为: " + Str(NumMax)
    Label3.Caption="最小值为: " + Str(NumMin)
End Sub
```

表 5-4　"任务一"对象属性

对　　象	属　　性	设　置　值
Command1	Caption	输入数据
Command2	Caption	取消
Label1	Caption	
Label1	Aotosize	True
Label2	Caption	

续表

对　象	属　性	设　置　值
Label2	Aotosize	True
Label3	Caption	
Label3	Aotosize	True
Form	Caption	求一组数的最大值和最小值

第四步：运行。

（1）单击"输入数据"按钮，用 InputBox 输入数据的数量，运行结果如图 5-11（a）所示。

图 5-11（a）　输入数据个数

（2）依次输入 n 个数据，如图 5-11（b）所示，全部数据输入完成后，在窗体上利用 Label1、Label2 和 Label3 分别显示输入的 n 个数据、最大值和最小值，如图 5-11（c）所示。

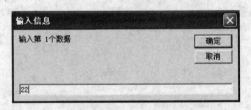

图 5-11（b）　输入数据

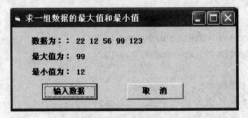

图 5-11（c）　输出结果

任务二：MsgBox 函数应用

【实验目的】

1. 复习 InputBox 函数。

2. 掌握 MsgBox 函数的功能。

3. 掌握用 MsgBox 函数设计消息框的应用程序。

【实验内容】

设计一个系统登录的应用程序。

要求：在登录系统时允许用户输入三次登录密码信息，如果连续三次密码输入不正确则无权利进入系统；当密码输入不足三次时，允许用户退出登录系统。

【实验步骤】

第一步：创建系统登录窗体。在窗体中添加 2 个标签、1 个文本框和 1 个命令按钮。如图 5-12 所示。

图 5-12　系统登录窗体

第二步：设置属性。主要对象属性如表 5-5 所示。

表 5-5　"任务二"对象属性

对　　象	属　　性	设　置　值
Command1	Caption	系统登录
Form	Caption	VB 教学系统
Label1	Caption	Visual Basic 教学系统
Label2	Caption	用户密码
Text1	PasswordChar	*
Text1	Text	

第三步：编写代码。

```
Private Sub Form_Load()
    cs=0                          '密码的次数的初始值
End Sub
Private Sub Command1_Click()
    Static cs As Integer
    cs=cs + 1
    If Text1.Text <> "1234" Then
        If cs < 3 Then
            dlxx=MsgBox("用户信息错，请重新输入！", 64 + 1, "用户信息")
            If dlxx=2 Then End
        Else
            dlxx=MsgBox("对不起，您不能进入系统！", 16 + 0, "用户信息")
            End
        End If
    Else
```

```
        dlxx=MsgBox("欢迎您进入系统！", 48 + 0, "用户信息")
    End If
End Sub
```

第四步：运行。

（1）当密码输入错误时，用 MsgBox 函数给出提示信息，结果如图 5-13（a）所示。

（2）当连续三次输入密码错误时，给出如图 5-13（b）所示的提示信息对话框。

图 5-13（a） 密码错误提示信息对话框　　　图 5-13（b）　拒绝进入系统提示信息对话框

（3）密码输入正确时，可以进入系统，给出如图 5-13（c）所示的信息对话框。

图 5-13（c）　允许进入系统信息提示对话框

任务三：Print 方法应用

【实验目的】

1. 掌握 Print 方法的各种输出格式的用法。

2. 复习 InputBox 函数和 MsgBox 函数的使用。

【实验内容】

用 Print 方法在窗体上输出如下所示的"数字金字塔"（九层以内）。

```
                1
              1 2 1
            1 2 3 2 1
          1 2 3 4 3 2 1
               ...
    1 2 3 4 5 6 7 8 9 8 7 6 5 4 3 2 1
```

【实验步骤】

第一步：创建窗体。

第二步：编写代码，主要程序代码如下：

```
Private Sub Form_Click()
    Cls
    n=InputBox("输入金字塔的层数：", "输入层数")
    If  n > 9  Then
        tsxx=MsgBox("输入数据应<=9", 16 + 0, "用户信息")
    Else
        Print
```

```
        Print
    For i=1 To n
        Print Spc(30 - 3 * (i - 1));
        For j=1 To i
            Print j;
        Next j
        For k=i-1 To 1 Step -1
            Print k;
        Next k
        Print
    Next i
  End If
End Sub
```

第三步：运行。

单击窗体时用 InputBox 函数设置"数字金字塔"的层数，如图 5-14（a）所示。

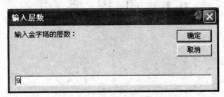

图 5-14（a） 输入金字塔的层数

如果输入的层数大于 9，给出提示信息对话框，重新输入层数，如图 5-14（b）所示。

图 5-14（b） 错误信息提示

输入数据小于等于 9 时，在窗体上用 Print 方法输出如图 5-14（c）所示的图形。

图 5-14（c） 输出金字塔示意图

第 **6** 章 图 形

本章学习 Visual Basic 的直线控件、形状控件的功能和常用属性，学习用 PSet 方法、Line 方法、Circle 方法绘制出基本图形。

6.1 知 识 要 点

6.1.1 直线控件 Line

1. 功能

在屏幕上绘制直线。

2. 常用属性

- BorderStyle——指定直线样式
- BorderWidth——设置直线宽度
- BorderColor——设置直线颜色
- x1，x2，y1，y2——确定直线的起点和终点的 x 坐标和 y 坐标

6.1.2 形状控件 Shape

1. 功能

在屏幕上绘制矩形、正方形、圆形、椭圆形等图形。

2. 常用属性

- Shape——确定图形的几何形状
- FillStyle——设置形状控件内部的填充线条
- BorderColor——指定形状边框的颜色
- BorderWidth——指定形状边框的宽度
- BorderStyle——指定形状边框直线样式

6.1.3 绘制图形的基本方法

1. PSet 方法

【格式】

[<对象>.] PSet (x,y) [,<颜色>]

【功能】

在屏幕（x，y）坐标上画一个点。

2. Line 方法

【格式】

[<对象>.] Line (x1,y1)-(x2,y2) [,<颜色>][,B[F]]

【功能】

在起点(x1,y1)与终点(x2,y2)之间绘制一条直线。若使用选项 B，则以(x1,y1)为起点、(x2,y2)为终点绘制一个空心矩形；若同时选择 BF 选项，则以(x1,y1)为起点、(x2,y2)为终点绘制一个实心矩形。

3. Circle 方法

（1）用 Circle 方法画圆

【格式】

[<对象>.] Circle [Step] (x,y), <半径>[,<颜色>]

【功能】

以(x,y)为圆心，在屏幕上画一个圆。若包含选项 Step，则(x,y)是对 CurrentX 和 CurrentY 的偏移量，以(CurrentX+x,CurrentY+y)为圆心画圆。如果没有给出 CurrentX 和 CurrentY 的值，则按原圆心的坐标偏移。

例如：

```
Private Sub Form_Click()
    Circle (1000, 1000), 500, RGB(255, 0, 0)      '圆心为（1000,1000）
    Circle Step(1000, 1000), 500, RGB(0, 255, 0)  '圆心为（2000,2000）
    CurrentX=500
    CurrentY=-500
    Circle Step(1000, 1000), 500, RGB(0, 0, 255)  '圆心为（1500,500）
End Sub
```

运行结果如图 6-1 所示。

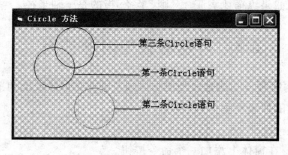

图 6-1　Circle 方法实例

（2）用 Circle 方法画圆弧和扇形

【格式】

[<对象>.] Circle [Step] (x,y), <半径>[,<颜色>],<起始角>,<终止角>

【功能】

用<起始角>和<终止角>控制在屏幕上绘制圆弧或扇形（当起始角和终止角为负弧度值时绘制扇形）。

```
Private Sub Form_Click()
    Const pi=3.14159265
    Circle (1000, 1000), 500, RGB(255, 0, 0), pi / 2, pi / 3
    Circle (3000, 1000), 500, , pi / 2, 2 * pi
    Circle (1000, 2500), 500, RGB(255, 0, 0), -pi / 2, -pi / 3
    Circle (3000, 2500), 500, , -pi / 2, -2 * pi
End Sub
```

运行结果如图 6-2 所示。

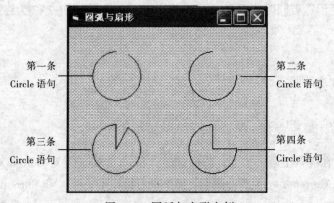

图 6-2　圆弧与扇形实例

（3）用 Circle 方法画椭圆

【格式】

[<对象>.] Circle [Step] (x,y), <半径>[,<颜色>],,,<纵横比>

说明：画椭圆不需要<起始角>和<终止角>参数，最后一个参数是纵横比，它前面的参数可以省略，但相应的逗号不能省略，因此在<纵横比>前面有 3 个逗号。

【功能】

通过不同的纵横比绘制不同的椭圆，当纵横比为 1 时绘制图形为圆。如果纵横比小于 1，则<半径>指的是 x 轴半径；如果纵横比大于 1，则<半径>指的是 y 轴半径。

6.2　习题解答与习题扩充

【6-1】做一块简易写字板，功能是：当按下鼠标左键并在窗体上拖动鼠标时画出线条，单击"清除"按钮擦除窗体上的所有字痕。

【解】

第一步：创建窗体，在窗体上添加一个命令按钮。

第二步：设置属性，主要对象属性如表 6-1 所示。

表 6-1 "写字板"对象属性

对　　象	属　　性	设　置　值
Command1	Caption	清除
Form	BackColor	黑色
Form	Caption	简易写字板
Form	ForeColor	白色

第三步：编写代码。

变量声明：

```
Dim PaintNow As Boolean          '定义 PaintNow 为布尔变量
```

编写 Command1_Click()代码：

```
Private Sub Command1_Click()
    Cls                          '单击"清除"按钮时清除屏幕
End Sub
```

编写 Form_Load()代码：

```
Private Sub Form_Load()
    DrawWidth=2                  '设置画线宽度
End Sub
```

编写 Form_MouseDown 代码：

```
Private Sub Form_MouseDown(Button As Integer, Shift As Integer, _
    X As Single,Y As  Single)
        PaintNow=True            '按下鼠标左键时，允许画图
End  Sub
```

编写 Form_MouseMove 代码：

```
Private Sub Form_MouseMove(Button As Integer, Shift As Integer, _
    X As Single, Y As Single)
        If PaintNow Then
            PSet (X, Y)          '按下鼠标左键沿鼠标拖动画出点
        End If
End Sub
```

编写 Form_MouseUp 代码：

```
Private Sub Form_MouseUp(Button As Integer, Shift As Integer, _
    X As Single, Y As Single)
        PaintNow=False           '松开鼠标左键
End Sub
```

【6-2】用 Circle、Line 方法在窗体上画一个地球模型。

【解】

第一步：创建窗体。

第二步：设置属性，主要对象属性如表 6-2 所示。

表 6-2 "地球模型"对象属性

对　　象	属　　性	设　置　值
Form	Caption	地球模型
Command1	Caption	退出

第三步：编写代码。

设计思路：地球模型由一个椭圆和多个圆弧构成。椭圆的圆心与圆弧的圆心在一条直线上，即圆心 x 坐标的位置相同，y 坐标值上下移动，根据 y 的值调整圆弧的半径、起始角和终止角。

编写 Form_Click()代码：

```vb
Private Sub Form_Click()
    X=3190: Y=1100: r=1000: pi=3.1415926
    Circle (X, Y), 1100, , 0, 1.99 * pi, 0.7
    Circle (X, Y - 550), 400, , 0.8 * pi, 0.7 * pi, 0.5
    Circle (X, Y - 400), 700, , 0.8 * pi, 0.2 * pi, 0.5
    Circle (X, Y - 250), 1000, , 0.92 * pi, 0.8 * pi, 0.5
    Circle (X, Y + 150), 1050, , 1.05 * pi, 1.95 * pi, 0.7
    Circle (X - 50, Y + 200), 700, , 1.6 * pi, 0.32 * pi
    Circle (X, Y + 200), 700, , 0.65 * pi, 1.4 * pi, 1
    Line (X - 50, Y - 300)-(X - 50, Y + 900)
End Sub
```

编写 Command1_Click()代码：

```vb
Private Sub Command1_Click()
    End
End Sub
```

第四步：运行。

运行结果如图 6-3 所示。

【扩充题】

【6-3】窗体上画 40 条直线，其中第一条直线的起点为窗体的左上角，其后的每一条线的起点都是前一条直线的终点，运行结果如图 6-4 所示。

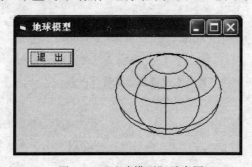

图 6-3　"地球模型"示意图

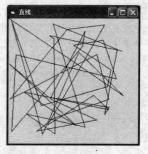

图 6-4　画 40 条随机直线

【解】

第一步：创建窗体。

第二步：编写代码。

设每一条线的终点为 (x, y)，数值由随机数函数 Rnd() 确定。

编写 Form_Click()过程代码：

```vb
Private Sub Form_Click()
    Randomize
    For i=1 To 40
        X=Int(4000 * Rnd())
        Y=Int(4000 * Rnd())
```

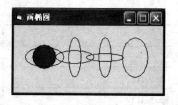

```
    Line -(X, Y)
  Next i
End Sub
```

【6-4】画出如图 6-5 所示的椭圆。

【解】

第一步：创建窗体。

第二步：编写代码。

图 6-5 绘制椭圆

主要过程代码：

```
Private Sub Form_Click()
    FillStyle=0
    FillColor=RGB(255, 0, 0)
    X=800:  Y=800
    Circle (X, Y), 300
    aspect=3
    FillStyle=1
    Circle (X * 2, Y), 500, , , , aspect
    Circle (X * 3, Y), 500, , , , aspect
    Circle (X * 4, Y), 500, , , , aspect / 2
    Circle (X, Y), 500, , , , aspect / 6
    Circle (X * 2, Y), 500, , , , aspect / 9
    Circle (X * 3, Y), 500, , , , aspect / 15
End Sub
```

【6-5】设计一个时钟，窗体如图 6-6（a）所示。

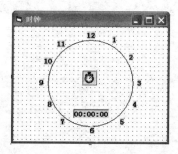

图 6-6（a）　"时钟"窗体示意图

【解】

第一步：创建窗体。利用形状控件绘制"时钟"的圆形边框；利用标签控件 Label1~Label12 设置钟表上的 1~12 数字；用 Label13 显示数字时钟；添加计时控件。

第二步：设置属性，主要对象属性如表 6-3 所示。

表 6-3 "时钟"窗体对象属性

对　　象	属　　性	设　置　值
Form	名称	FrmClock
Form	Caption	时钟
Label1	Caption	1
Label2	Caption	2

对 象	属 性	设 置 值
…	…	…
Label12	Caption	12
Label13	Autosize	True
Label13	BoderStyle	1-Fixed Single
Label13	Caption	00：00：00
Timer1	Interval	500

第三步：编写代码。

过程代码：

```
Dim lastminute As Integer,lasthour,lastx As Integer, lasty As Integer

Private Sub Form_Load()
    lastx=999
End Sub

Private Sub Timer1_Timer()
    Const pi=3.141592653
    Dim t
    Dim x As Integer
    Dim y As Integer
    Label13.Caption=Time
    t=Now
    sec=Second(t)
    Min=Minute(t)
    hr=Hour(t)
    Frmclock.Scale (-12, 12)-(12, -12)
    If Min < lastmin Or hr <> lasthour Then
        lastminute=Min
        lasthour=hr
        Frmclock.Cls
        lastx=999
        Frmclock.DrawWidth=8
        Frmclock.DrawMode=13
        h=hr + Min / 60
        x=5 * Sin(h * pi / 6)
        y=5 * Cos(h * pi / 6)
        Frmclock.Line (0, 0)-(x, y)
        Frmclock.DrawWidth=4
        x=6 * Sin(Min * pi / 30)
        y=6 * Cos(Min * pi / 30)
        Frmclock.Line (0, 0)-(x, y)
        Frmclock.DrawWidth=2
    End If
    Frmclock.DrawMode=10
    red=RGB(255, 0, 0)
```

```
x=6 * Sin(sec * pi / 30)
y=6 * Cos(sec * pi / 30)
If lastx <> 999 Then
    Frmclock.Line (0, 0)-(lastx, lasty), red
End If
Frmclock.Line (0, 0)-(x, y), red
lastx=x
lasty=y
End Sub
```

第四步：运行。

运行结果如图 6-6（b）所示。

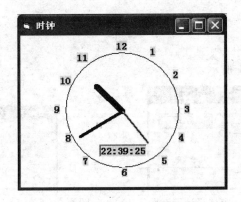

图 6-6（b）　"时钟"运行结果示意图

6.3　上机实验

任务一：直线控件 Line

【实验目的】

1. 掌握直线控件的特点与常用属性。

2. 掌握直线控件的属性在程序中的设置方法。

【实验内容】

在窗体上使用直线控件画 7 条实心直线，编写一个事件过程改变它们的颜色及类型。

【实验步骤】

第一步：创建窗体，如图 6-7（a）所示。

单击工具箱中的"直线控件"按钮，在窗体上画出一条直线 Line1。

选择 Line1，单击"复制"按钮，选择窗体，单击"粘贴"按钮，这时弹出一个消息框显示"你已经有一个 Line1 的控件，你是否想创建一个控件数组"，单击"是"按钮，系统将该控件作为控件数组 Line1(1)，第一个直线控件为 Line1(0)。

（1）利用同样的方法添加 Line1(2)、Line1(3)、Line1(4)、Line1(5)、Line1(6)。

（2）添加两个命令按钮 Command1 和 Command2。

第二步：设置属性。

第三步：编写代码。单击"画直线"按钮，画出不同颜色、不同类型的 7 条线，如图 6-7（b）所示。主要过程代码如下：

```
Private Sub Command1_Click()
    For i=0 To 6
        Line1(i).BorderColor=QBColor(2 * i)
        Line1(i).BorderStyle=i
    Next i
End Sub

Private Sub Command2_Click()
    End
End Sub
```

第四步：运行。

运行结果如图 6-7（b）所示。

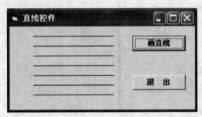

图 6-7（a） 任务一窗体设计示意图

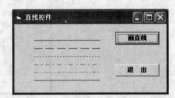

图 6-7（b） Line 控件实验运行结果示意图

任务二：形状控件 Shape

【实验目的】

1. 掌握形状控件的特点，绘制不同的图形。
2. 掌握形状控件的常用属性，利用不同的属性值设置图形边框的样式、填充的颜色或图案。

【实验内容】

创建如图 6-8（a）所示窗体。利用单选按钮控件设置图形形状，利用两组命令按钮选择图形填充的颜色和填充图案。

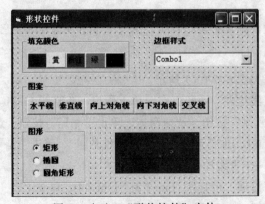

图 6-8（a） "形状控件"窗体

【实验步骤】

第一步：创建窗体。

在窗体上添加 1 个组合框 Combo1、1 个形状控件 Shape1 和 3 个框架 Frame1、Frame2、Frame3。在 Frame1 中添加命令按钮 Command1，然后利用复制的方法创建命令按钮组 Command1(0)、Command1(1)、Command1(2)、Command1(3)、Command1(4)；用同样方法在 Frame2 中添加命令按钮组 Command2(0)、Command2(1)、Command2(2)、Command2(3)、Command2(4)；在 Frame3 中添加 Option1、Option2、Option3。

第二步：设置属性，主要对象属性值如表 6-4 所示。

表 6-4 "形状控件"对象属性

对 象	属 性	设 置 值	说 明
Frame1	Caption	填充颜色	
Frame2	Caption	图案	
Frame3	Caption	图形	
Shape1	Shape	0	矩形
Option1	Value	True	

第三步：编写代码。

编写 Form_Load()代码：

```
Private Sub Form_Load()
    Combo1.AddItem "0--Transparent"
    Combo1.AddItem "1--Solidt"
    Combo1.AddItem "2--Dosh"
    Combo1.AddItem "3--Dot"
    Combo1.AddItem "4--Dosh-Dot"
    Combo1.AddItem "5--Dosh-Dot-Dot"
    Combo1.AddItem "6--Inside Solid"
End Sub
```

编写 Combo1_Click()代码：

```
Private Sub Combo1_Click()
    Select Case Combo1.Text
        Case "0--Transparent"
            Shape1.BorderStyle=0
        Case "1--Solidt"
            Shape1.BorderStyle=1
        Case "2--Dosh"
            Shape1.BorderStyle=2
        Case "3--Dot"
            Shape1.BorderStyle=3
        Case "4--Dosh-Dot"
            Shape1.BorderStyle=4
        Case "5--Dosh-Dot-Dot"
            Shape1.BorderStyle=5
        Case "6--Inside Solid"
```

```
        Shape1.BorderStyle=6
    End Select
End Sub
```

编写 **Command1_Click** 代码：

```
Private Sub Command1_Click(Index As Integer)
    Shape1.FillStyle=0
    Select Case Index
        Case 0
            Shape1.FillColor=QBColor(12)
        Case 1
            Shape1.FillColor=QBColor(14)
        Case 2
            Shape1.FillColor=QBColor(13)
        Case 3
            Shape1.FillColor=QBColor(10)
        Case 4
            Shape1.FillColor=QBColor(9)
    End Select
End Sub
```

编写 **Command2_Click** 代码：

```
Private Sub Command2_Click(Index As Integer)
  Select Case Index
    Case 0
        Shape1.FillStyle=2
    Case 1
        Shape1.FillStyle=3
    Case 2
        Shape1.FillStyle=4
    Case 3
        Shape1.FillStyle=5
    Case 4
        Shape1.FillStyle=6
    End Select
End Sub
```

编写单选按钮代码：

```
Private Sub Option1_Click()
    Shape1.Shape=0
End Sub


Private Sub Option2_Click()
    Shape1.Shape=2
End Sub


Private Sub Option3_Click()
    Shape1.Shape=5
End Sub
```

第四步：运行。

运行结果如图 6-8（b）所示。

图 6-8（b） 任务二运行结果示意图

任务三：用 Circle 方法绘出圆形

【实验目的】

1. 掌握 Circle 方法的功能。

2. 在程序中利用 Circle 方法绘制圆形。

【实验内容】

以单击窗体的鼠标位置为圆心，画一个半径和颜色为随机的圆。

【实验步骤】

第一步：创建窗体。

第二步：设置属性。

第三步：编写代码。

圆的半径和颜色由随机函数 Rnd() 确定。主要过程代码为：

```
Private Sub Form_MouseDown(Button As Integer,Shift As Integer, _
X As Single, Y As  Single)
    r=Rnd() * 255
    g=Rnd() * 255
    b=Rnd() * 255
    Circle (X, Y),  Rnd(Now) * Form1.Width / 4,  RGB(r, g, b)
End Sub
```

运行结果如图 6-9 所示。

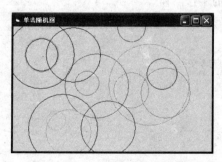

图 6-9 任务三运行结果示意图

第7章 | 驱动器、目录与文件控制

学习利用 Visual Basic 提供的驱动器列表、文件夹列表和文件列表，设计用户的文件管理系统。

7.1 知 识 要 点

7.1.1 驱动器列表框 Dive List Box

1．功能

在驱动器列表框中显示出系统所有的驱动器名称供用户选择。

2．常用属性

Driver——返回或设置程序运行时的当前驱动器名称。

Driver 属性只能用程序代码设置，不能通过属性窗口设置。

【格式】

<驱动器列表框名称>.Driver [= 驱动器名称]

3．常用事件

Change——当用户重新选择驱动器时发生的事件。

7.1.2 目录列表框 Dir List Box

1．功能

在目录列表框中显示当前驱动器中当前目录中的所有子目录名。

2．常用属性

Path——设置和返回当前的工作路径。

Path 属性只能用程序代码设置，不能通过属性窗口设置。

【格式】

<目录列表框名称>.Path[="路径"]

3. 常用事件

（1）Click 事件

单击被选择目录时产生该事件。

（2）Change 事件

当用户重新选择目录时产生该事件。

7.1.3 文件列表框 File List Box

1. 功能

在列表框中显示当前驱动器、当前文件夹下指定类型的所有文件，供用户选择。

2. 常用属性

（1）Path 属性

用于存放文件列表框中文件所在的驱动器名和目录名。

（2）Pattern 属性

用于设置文件列表框显示的某一类文件类型。可以在属性窗口中设置，也可以通过程序代码设置。

【格式】

```
<文件列表框名称>.Pattern[=属性值]
```
例如，如果执行

```
File1.Pattern="*.exe"
```
则文件列表框中只显示扩展名为.exe 的文件。

（3）FileName

在程序运行时设置或返回所选中的文件名。

【格式】

```
<文件列表框名称>.FileName[=文件名]
```
这里的"文件名"可以带有路径、通配符。

3. 常用事件

Click——鼠标单击被选择文件时产生的事件。

7.2 习题解答与习题扩充

【7-1】Change 事件过程如下，分析程序功能。

```
Private Sub Drive1_Change()
    Dir1.Path=Drive1.Drive
End Sub
```
【解】

该过程为驱动器控件的 Change 事件，设置目录列表框中的目录与磁盘驱动器同步。

```
Private Sub Dir1_Change()
    File1.Path=Drive1.Path
End Sub
```

【解】

该过程为文件夹的 Change 事件，设置文件列表框与目录同步。

【7-2】 在窗体上建立一个驱动器列表框 Drive1、目录列表框 Dir1、文件列表框 File1、影像框 Image1，要求程序运行后，Drive1 的默认驱动器为 C 盘，选择 File1 中所列的图片文件（*.bmp 和 *.jpg），则相应图片显示在 Image1 中。

【解】

第一步：创建窗体，添加驱动器列表框、目录列表框、文件列表框和图像框。

第二步：设置属性。

第三步：编写代码。

主要过程代码如下：

```
Private Sub Dir1_Change()
    File1.Path=Dir1.Path
    File1.Pattern="*.jpg; *.bmp"
End Sub

Private Sub Drive1_Change()
    Dir1.Path=Drive1.Drive
End Sub

Private Sub File1_Click()
    m=Dir1.Path
    w=File1.FileName
    lj=m + "\" + w
    Image1.Picture=LoadPicture(lj)
End Sub
```

7.3　上 机 实 验

【实验目的】

1. 掌握驱动器列表框、目录列表框、文件列表框的功能。
2. 掌握利用驱动器列表框、目录列表框、文件列表框的常用属性和方法对文件的控制方法。
3. 掌握利用 Pattern 属性控制文件的类型。
4. 掌握驱动器列表框、目录列表框、文件列表框属性和方法在程序中的设计方法。

【实验内容】

1. 在窗体上添加 1 个驱动器列表框、1 个目录列表框、1 个文件列表框、1 个列表框和 1 个图片框。
2. 当在驱动器列表框中选择驱动器时，在目录列表框中显示该驱动器中的所有文件夹。
3. 当在目录列表框中选择文件夹时，在文件列表框中显示该文件夹中的所有文件。
4. 在列表框设置文件的类型，当选择文件类型时在文件列表框中显示该类型的文件。
5. 当选择的文件为图片文件时（.jpg、.wmf、.bmp 文件），在图片框中预览该图片。

【实验步骤】

第一步：创建窗体，在窗体上添加 3 个标签、1 个驱动器列表框、1 个目录列表框、1 个文件列表框、1 个列表框和 1 个图片框，如图 7-1 所示。

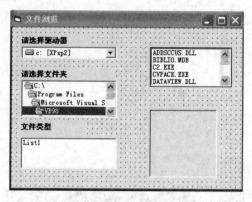

图 7-1 "文件浏览"窗体示意图

第二步：设置对象属性，主要对象属性如表 7-1 所示。

表 7-1 "文件浏览"对象属性

对　　象	属　　性	设　置　值
窗体	Caption	文件浏览
窗体	BackColor	亮白色
Label1	Caption	请选择驱动器
Label2	Caption	请选择文件夹
Label3	Caption	文件类型
Picture1	AutoSize	True

第三步：编写代码。

主要过程代码如下：

```
Private Sub Form_Load()
    List1.AddItem "*.com"
    List1.AddItem "*.doc"
    List1.AddItem "*.txt"
    List1.AddItem "*.bmp"
    List1.AddItem "*.jpg"
    List1.AddItem "*.wmf"
End Sub
Private Sub Dir1_Change()
    File1.Path=Dir1.Path
End Sub

Private Sub Drive1_Change()
    Dir1.Path=Drive1.Drive
End Sub
```

```
Private Sub File1_Click()
    If UCase$(Right(File1.FileName, 3))="BMP" Or
    UCase$(Right(File1.FileName, _3))="JPG" Or
    UCase$(Right(File1.FileName, 3))="WMF" Then
        m=Dir1.Path
        w=File1.FileName
        lj=m + "\" + w
        Picture1.Picture=LoadPicture(lj)
    End If
End Sub

Private Sub List1_Click()
    File1.Pattern=List1.Text
End Sub
```

运行结果如图 7-2 所示。

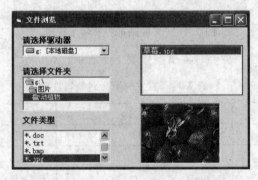

图 7-2 "文件浏览"运行结果示意图

第 **8** 章 | 对话框的程序设计

在图形用户界面中，对话框（DialogBox）是应用程序与用户交互的主要途径。在 Visual Basic 中，可以使用以下 3 种对话框：

（1）预定义对话框（使用函数 InputBox 和 MsgBox 来实现，见第 5 章）

（2）用户自定义对话框

（3）通用对话框

8.1 知 识 要 点

8.1.1 自定义对话框

1. 概念

如果用户所需要的对话框不能由 Visual Basic 现成的函数或控件组成，那么自己可以创建对话框。创建自定义对话框就是建立一个窗体，在窗体上根据需要放置控件，通过设置控件属性值来定义窗体的外观。

对话框没有（标题栏左侧的）控制菜单按钮和"最大化"、"最小化"按钮，不能改变其大小。所以需要设置自定义对话框的属性，如表 8-1 所示。

表 8-1 对话框属性设置

属　　性	值	说　　明
Bordersope	3	固定边框，不能改变大小
ControlBox	False	取消控制菜单按钮
MaxButton	False	取消最大化
MinButton	False	取消最小化

2. 建立自定义对话框的操作步骤

使用窗体建立自定义对话框，一般操作步骤如下：

（1）向工程添加窗体。

（2）在窗体上创建其控件对象，定义对话框的外观。

（3）设置窗体和控件对象的属性。

（4）在代码窗口中创建事件过程。

8.1.2　通用对话框

通用对话框（CommonDialog，也称公共对话框）是一种 ActiveX 控件，利用它能够很容易地创建 6 种标准对话框：打开（Open）、另存为（Save As）、颜色（Color）、字体（Font）、打印机（Printer）和帮助（Help）对话框。

1．添加通用对话框

一般情况下，由于通用对话框控件不在工具箱中，所以在使用之前，应先将其添加到工具箱中。具体操作方法如下：

第一步：选择"工程"→"部件"命令，或者右击工具箱，在快捷菜单中选择"部件"命令。系统弹出"部件"对话框，如图 8-1 所示。

第二步：在弹出的"部件"对话框的"控件"选项卡中，从列表框选择 Microsoft　Common Dialog Control 6.0 项。

第三步：单击"确定"按钮，把通用对话框各种控件添加到工具箱中。

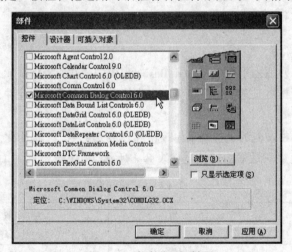

图 8-1　"部件"对话框

当程序运行时，通用对话框在窗体中是不可见的。

2．属性页

通用对话框不仅本身具有一组属性，由它产生的各种标准对话框也拥有许多特定属性。属性设置可以在属性窗口或程序代码中进行，也可以通过"属性页"对话框来设置。对于 ActiveX 控件，更为常用的是"属性页"对话框。

打开通用对话框控件的"属性页"对话框的步骤如下：

第一步：右击窗体上放置的通用对话框控件，从弹出的快捷菜单中选择"属性"命令，打开"属性页"对话框，如图 8-2 所示。

第二步：在"属性页"对话框中有 5 个选项卡，选择不同的选项卡，就可以对不同类型的对话框进行属性设置。

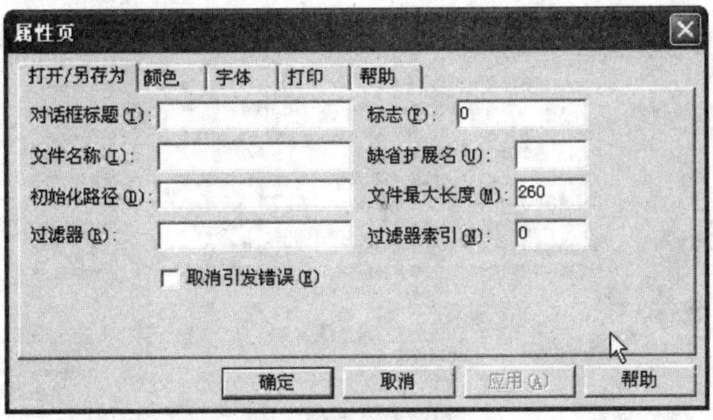

图 8-2 "属性页"对话框

3. 通用对话框的基本属性和方法

通用对话框的基本属性如下：

（1）Name 属性：设置通用对话框的名称，默认名为 CommonDialog1，Commmon DiaLog2…

（2）Action 属性：决定打开哪种对话框。共有 7 个属性值，如表 8-2 所示。

表 8-2 对话框的类型

对话框类型	Action 属性值	方 法
无对话框	0	
"打开"对话框	1	ShowOpen
"另存为"对话框	2	ShowSave
"颜色"对话框	3	ShowColor
"字体"对话框	4	ShowFont
"打印"对话框	5	ShowPrinter
"帮助"对话框	6	ShowHelp

需要注意的是：Action 属性不能在属性窗口内设置，只能在程序运行中通过代码设置。

（3）DialogTitle 属性：用于设置对话框的标题。

（4）ConcelError 属性：表示用户在使用对话框进行对话时，单击"取消"按钮是否产生错误信息。属性值为 True 时，单击"取消"按钮会出现错误警告；属性值为 False 时，单击"取消"按钮不会出现错误警告。

通用对话框的常用方法如表 8-2 所示。利用这些方法，可以打开特定类型的对话框。

4. "打开"对话框

在程序中将通用对话框的 Action 属性设置为 1，或用 ShowOpen 方法打开，则弹出"打开文件"对话框，如图 8-3 所示。

"打开文件"对话框的属性除了包括通用对话框的基本属性外，还有自身特有的属性。

（1）FileName 属性：用来设置或返回对话框中用户选择的路径和文件名。

（2）FileTitle 属性：返回要打开的文件的文件名（不含路径）。

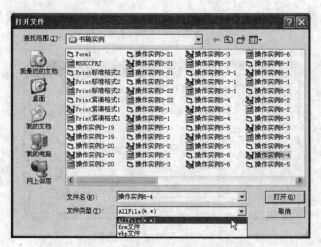

图 8-3　"打开文件"对话框

（3）Filter 属性：Filter 称为过滤器，它指定文件列表框中所显示的文件的类型。

（4）FilterIndex 属性：当用 Filter 属性为对话框设定了多项过滤器时，该属性用于指定第 *n* 项为默认过滤器。

（5）IniDir 属性：用于指定初始文件目录。默认时显示当前文件夹。

5. "另存为"对话框

在程序中将通用对话框控件的 Action 属性设置为 2，或用 ShowSave 方法打开，则弹出"另存为"对话框。该对话框可供用户选择或输入所要保存文件的路径、主文件名和扩展名。除对话框的标题不同外，"另存为"对话框在外观上与"打开文件"对话框相似。

6. "颜色"对话框

在程序中将通用对话框控件的 Action 属性设置为 3，或用 ShowColor 方法打开，则弹出"颜色"对话框。该对话框可供用户选择颜色，并由对话框的 Color 属性返回或设置选择的颜色。

7. "字体"对话框

在程序中将通用对话框控件的 Action 属性设置为 4，或用 ShowFont 方法打开，则弹出"字体"对话框。该对话框可供用户选择字体，包括所用字体的名称、样式、大小、效果及颜色。

"字体"对话框除了具有通用对话框的基本属性外，还有下面几个常用的属性：

（1）Color 属性：表示字体的颜色。当用户在颜色列表框中选择某种颜色时，该颜色值被赋给 Color 属性。

（2）FontName 属性：是用户所选择的字体名称。

（3）FontSize 属性：是用户所选择的字体大小。

（4）FontBold、FontItalic、FontStrikethru、FontUnderline 属性：这些属性分别用于设置粗体、斜体、删除线、下画线，这些属性值均为逻辑值（True 或 False）。

（5）Min、Max 属性：这两个属性规定了用户可选字体大小的范围。属性值以点（Point，一个点的大小是 1/72 英寸）为单位。

（6）Flags 属性：在显示"字体"对话框之前必须设置 Flags 属性，否则会发生不存在字体的错误。Flags 属性的取值详见教材相关内容。

8. "打印"对话框

在程序中将通用对话框控件的 Action 属性设置为 5，或使用 ShowPrinter 方法，则弹出"打印"对话框。该对话框可供用户设置打印范围、打印份数、打印质量等打印参数。

"打印"对话框除了基本属性外，还有 Copies（打印份数）、FromPage（起始页码）、ToPage（终止页码）等属性。

9. "帮助"对话框

在程序中将通用对话框控件的 Action 属性设置为 6，或以 ShowHelp 方法打开对话框，就会显示"帮助"对话框。它使用 Windows 标准的帮助窗口，为用户提供在线帮助。

8.2　习题解答与习题扩充

【8-1】在窗体上添加一个通用对话框和一个"打开"命令按钮，如图 8-4 所示。当单击"打开"按钮时，弹出一个"打开文件"对话框。

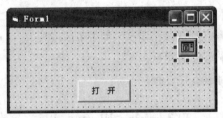

图 8-4　习题 8-1 用户界面

【解】

第一步：按照添加通用对话框的三个步骤，把 CommonDialog（通用对话框）控件添加到工具箱中。然后在窗体上添加 CommonDialog 控件，其默认名称为 CommonDialog1。

第二步：在窗体上添加一个命令按钮 Command1，其 Caption 属性为"打开"。用户界面如图 8-4 所示。

第三步：编写"打开"命令按钮 Command1 的单击事件过程，程序代码如下：

```
Private Sub Command1_Click()
  CommonDialog1.DialogTitle="打开文件"
  CommonDialog1.Filter="全部文件|*.*|文本文件|*.txt"          '设置文件过滤器
  CommonDialog1.InitDir="C:\My Documents"                   '设置默认文件夹
  CommonDialog1.ShowOpen                                     '显示"打开"对话框
End Sub
```

程序运行后，单击"打开"按钮，系统将弹出如图 8-5 所示的"打开文件"对话框。从"文件类型"下拉表框中可以看到文件过滤器的效果。

当用户选择了文件并关闭对话框后，可以从控件的 FileName 属性中获取选择的路径及文件名。该对话框只为用户提供了一个用于选择文件的界面，并不能真正打开文件，打开文件的具体处理工作只能由编程完成。

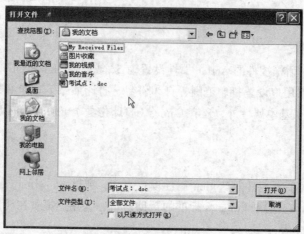

图 8-5　"打开文件"对话框

【8-2】写出创建窗体自定义对话框的一般操作步骤。

【解】

建立自定义对话框，一般步骤如下。

第一步：向工程添加窗体。

第二步：在窗体上创建其控件对象，定义对话框的外观。

第三步：设置窗体和控体对象的属性。

第四步：在代码窗口中创建事件过程。

8.3　上　机　实　验

【实验目的】

1. 掌握通用对话框控件的基本使用方法。

2. 要求：

① 选择"打开"菜单项弹出"打开"对话框，可从中选择一个已有的文本文件打开。

② 选择"另存为"菜单项弹出"另存为"对话框，可将文本框中内容以指定名称保存到指定位置。

③ 选择"退出"菜单项将退出应用程序。

【实验内容】

设计一个最简单的记事本应用程序。

【实验步骤】

第一步：新建一个标准 EXE 工程。

第二步：使用菜单编辑器完成菜单设计后，菜单编辑器窗口如图 8-6 所示。

第三步：在窗体上放置一个文本框，程序运行后界面如图 8-7 所示。

第四步：记事本窗口 frmNotepad 中主要控件的属性设置如表 8-3 所示。

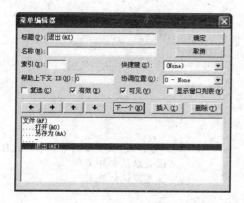

图 8-6 菜单编辑器窗口

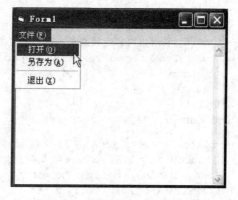

图 8-7 记事本窗口的文件菜单

表 8-3 记事本窗口中主要控件的属性设置

对 象	属 性	设 置
窗体	名称	frmNotepad
"文件"菜单项	名称	MnuFile
	Caption	文件（&F）
"打开"菜单项	名称	MnuOpen
	Caption	打开（&O）
"另存为"菜单项	名称	MnuSaveAs
	Caption	另存为（&A）
"退出"菜单项	名称	MnuExit
	Caption	退出（&X）
分隔符栏	名称	MnuPas
	Caption	-
文本框	名称	TxtNotepad
	Text	空
	MultiLine	True
	SxrollBars	2
通用对话框	名称	CommonDiaLog1

第五步：程序代码如下：

```
Private Sub MnuOpen_Click()                          '打开菜单项的单击事件过程
    CommonDialog1.FileName="*.txt"                   '初始化文件名
    CommonDialog1.InitDir="C:\"                      '初始化路径
    '设置文件类型列表框内容
    CommonDialog1.Filter="Word文档|*.doc|文本文件|*.txt|所有文件|*.*"
    CommonDialog1.FilterIndex=2                      '设置默认文件类型
    CommonDialog1.Action=1                           '激活"打开"对话框
    TxtNotepad.Text=""                               '清除文本框中原有内容
    If CommonDialog1.FileTitle <> "" Then            '选择文件后执行下列操作
        Dim InputData As String                      '保存文件中每行内容
    Open CommonDialog1.FileName For Input As #1      '打开文件，准备读文件
```

```
      Do While Not EOF(1)
         Line Input #1, InputData                    '每次读一行
         '将读出内容连接在文本框已有文本之后并回车换行
         TxtNotepad.Text=txtNotpad.Text + InputData + vbCrLf
      Loop
    Close #1
  End If
End Sub

Private Sub MnuSaveAs_Click()                     '"另存为"菜单项的单击事件过程
  CommonDialog1.FileName="文本 1.txt"              '设置默认文件名
  CommonDialog1.DefaultExt="txt"                   '设置默认扩展名
  CommonDialog1.InitDir="C:\"
  CommonDialog1.Filter="Word文档|*.doc|文本文件|*.txt|所有文件|*.*"
  CommonDialog1.FilterIndex=2
  CommonDialog1.CancelError=True                    '选取"取消"按钮时出错
  On Error GoTo errCancel                           '出错跳转至行标签 errCancel
  CommonDialog1.ShowSave                            '激活"另存为"对话框
  Open CommonDialog1.FileName For Output As #1      '打开文件，准备写入
  Print #1, TxtNotepad.Text
  Close #1
  errCancel:                                        '行标签
End Sub

Private Sub MnuExit_Click()                       '退出菜单项的单击事件过程
  End
End Sub
```

第六步：将窗体以"上机操作 8-1.frm"为文件名，工程以"上机操作 8-1.vbp"为文件名，保存在 C 盘的"VB98"文件夹中。

第七步：运行调试程序，直到满意为止。

第 *9* 章 菜单的简单程序设计

众多程序的用户界面是菜单界面。菜单栏中包含了各种操作命令。通过不同的菜单标题可将命令进行分组，以便用户能够更直观、更容易地访问这些命令。菜单的作用有两个，一是提供人机对话的界面，以便让用户选择应用系统的各种功能；二是管理应用系统，控制各种功能模块的运行。

在 Visual Basic 中，菜单分为下拉式菜单和弹出式菜单两种类型。

9.1 知 识 要 点

1. 建立下拉式菜单的步骤

（1）选取窗体。

（2）在"工具"菜单中，选择"菜单编辑器"命令，进入菜单设计窗口。

（3）在"菜单编辑器"对话框的"标题"框中，为菜单标题输入文本。

（4）在"名称"框输入菜单控件的名称。

（5）设置菜单的其他属性，如快捷键"Ctrl+S"等。

（6）设置子菜单，单击向左或向右按钮，改变选项的级别。

（7）选取"下一个"按钮，重复上述步骤，建立多个选项；单击"确定"按钮，完成菜单制作。

（8）为相应的菜单命令添加事件代码。

2. 弹出式菜单的设计步骤

（1）利用菜单编辑器设计一个一般菜单。

（2）将顶层菜单的"可见"属性设置为 False，保证运行时不显示此菜单。

（3）用 PopupMenu 方法显示弹出菜单。

【格式】

[对象.] PopupMenu <菜单名>[,标志[,X[,Y]]]

9.2 习题解答与习题扩充

【9-1】选择"工具"菜单中的"菜单编辑器"命令，弹出"菜单编辑器"对话框，在窗体中

建立菜单项，如表 9-1 所示。

表 9-1　窗体中菜单项设置

级　别	标　题	名　称
一级菜单	成绩登录	S1
二级菜单	博士研究生	M11
	硕士研究生	M12
	本科生	M13
	专科生	M14
一级菜单	成绩查询	Q1
二级菜单	博士研究生	M21
	硕士研究生	M22
	本科生	M23
	专科生	M24
一级菜单	成绩处理	P1
二级菜单	博士研究生	M31
	硕士研究生	M32
	本科生	M33
	专科生	M34

【解】操作步骤如下：

第一步：创建一个如图 9-1 所示的窗体。

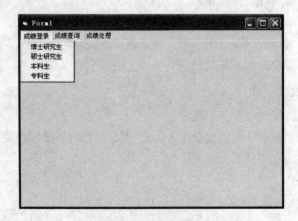

图 9-1　习题 9-1 的用户界面

第二步：从"工具"菜单中，选取"菜单编辑器"命令，进入菜单设计窗口。

第三步："成绩登录"一级菜单的设置。

在"菜单编辑器"窗口的"标题"文本框中输入"成绩登录"；"名称"文本框输入"S1"；"有效"、"可见"复选框设置为选中状态。

第四步：二级菜单的设置。

单击"下一个"按钮及 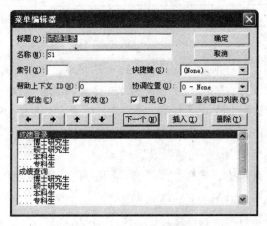 按钮设计二级子菜单。在"标题"文本框中输入"博士研究生"；"名称"文本框输入"M11"；"有效"、"可见"复选框设置为选中状态。

第五步：依照第四步分别设计"硕士研究生"、"本科生"及"专科生"子菜单，各菜单项设置如见表 9-1。

第六步："成绩查询"菜单及其子菜单的设计同"成绩登录"及其子菜单的设置。

第七步："成绩处理"菜单及其子菜单的设计同"成绩登录"及其子菜单的设置。

第八步：使用菜单编辑器，最终设计如图 9-2 所示。

第九步：保存并运行。

图 9-2 菜单编辑器窗口

【9-2】在窗体上设置一个文本框（Text1），设置它的 MultiLine 属性为 True，ScrollBars 属性为 2_Vertical。用"菜单编辑器"建立菜单，菜单栏中完成如表 9-2 所示的一些简单功能，再添加一个通用对话框（cdlColor）。用户界面如图 9-3 所示，程序运行时，在文本框中输入内容后，通过菜单来设置文本框中字体的大小（18）、前景（红色）、背景（青）、字体（隶书）等。运行效果如图 9-4 所示。

图 9-3 习题 9-2 的用户界面

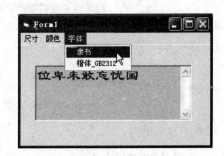

图 9-4 程序运行效果

表 9-2 菜单项的属性及功能

菜 单 项	标 题	名 称	功 能
一级菜单	尺寸	mnuSize	
二级菜单	大	mnuBig	设置字号为 18

续表

菜 单 项	标 题	名 称	功 能
二级菜单	小	mnuSmall	设置字号为 11
一级菜单	颜色	mnuColor	
二级菜单	背景色（&B）	mnuBack	设置文本框的背景色
二级菜单	前景色（&F）	mnuFore	设置文本框的前景色
一级菜单	字体	mnuFont	
二级菜单	隶书	mnuLishu	设置字体为隶书
二级菜单	楷体_GB2312	mnuKaiti	设置字体为楷体

【解】操作步骤如下：

第一步：创建一个如图 9-3 所示的窗体，窗体包括菜单、文本框和一个通用对话框。

第二步：设置文本框属性，MultiLine 属性为 True，ScrollBars 属性为 2_Vertical。

第三步：添加通用对话框，选择"工程"→"部件"命令后弹出对话框，在"控件"选项卡中选择 Microsoft Common Dialog Control 6.0 选项，单击"确定"按钮。

第四步：将通用对话框的 Name 属性设置为 cdlColor。

第五步：在"工具"菜单中，选择"菜单编辑器"命令，进入菜单设计窗口。

第六步：如表 9-2 所示，分别建立各级菜单。

第七步：使用菜单编辑器，最终设计如图 9-5 所示。

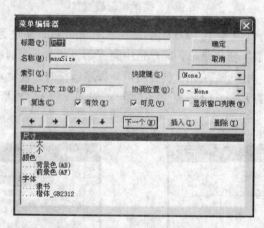

图 9-5　"菜单编辑器"对话框

第八步：编写代码。

（1）编写 Form_Load()代码：

```
Private Sub Form_Load()
    Text1.Text="位卑未敢忘忧国"
End Sub
```

（2）编写尺寸代码：

```
Private Sub mnuBig_Click()        '大尺寸
    Text1.FontSize=18
End Sub
```

```
Private Sub mnuSmall_Click()                 '小尺寸
    Text1.FontSize=11
End Sub
```

（3）编写颜色代码：

```
Private Sub mnuBack_Click()
    Text1.BackColor=QBColor(11)              '青色
End Sub
Private Sub mnuFore_Click()
    Text1.ForeColor=QBColor(12)              '红色
End Sub
```

（4）编写字体代码：

```
Private Sub munLishu_Click()
    Text1.Font="隶书"
End Sub
Private Sub mnuKaiti_Click()
    Text1.Font="楷体_GB2312"
End Sub
```

第九步：保存并运行。

9.3　上机实验

任务一：下拉式菜单设计

【实验目的】

1. 掌握 Visual Basic 中下拉式菜单的设计方法。

2. 掌握 Visual Basic 中菜单事件的编程方法。

【实验内容】

1. 设计一个如图 9-6 所示的窗体。窗体中包含一个文本框。

2. 在窗体上设计菜单，主菜单包括"编辑"和"格式"两项。

3. 设计"编辑"子菜单如图 9-7 所示。其中"编辑"菜单下的"粘贴"命令设置为灰色，复选标记为选中状态。

图 9-6　窗体界面

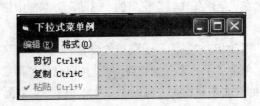

图 9-7　"编辑"菜单

4. 设计"格式"子菜单分别如图 9-8、图 9-9 所示。其中，"字体"和"颜色"两项需添加分隔线。

图 9-8 "字体"子菜单

图 9-9 "颜色"子菜单

5. 编写代码实现"格式"菜单所指定各项的功能。

6. 窗体中控件属性设置如表 9-3 所示。

表 9-3 窗体中各控件属性设置

对　象	标题 Caption	名称 Name	快捷键	复　选	有效性
窗体	下拉式菜单例				
顶级菜单 1	编辑	mnuedit		无	
一级子菜单 1	剪切	editcut	Ctrl+X	无	True
	复制	editcopy	Ctrl+C	无	True
	粘贴	editpaste	Ctrl+V	有	False
顶级菜单 2	格式	mnuformat		无	True
一级子菜单 2	字体	f1		无	True
二级子菜单 1	宋体	f11		无	True
	隶书	f12		无	True
	幼圆	f13		无	True
一级子菜单 3	颜色	f2		无	True
二级子菜单 2	红色	f21		无	True
	蓝色	f22		无	True
	黄色	f23		无	True

【实验步骤】

第一步：创建如图 9-7 所示的窗体。

第二步：在"工具"菜单中，选择"菜单编辑器"命令，进入菜单设计窗口。

第三步："编辑"顶级菜单的设置。

在"菜单编辑器"窗口的"标题"文本框中输入"编辑"；"名称"文本框输入"mnuedit"；"有效"、"可见"复选框设置为选中状态。

第四步："字体"子菜单的设置。

单击"下一个"按钮及 ▣ 按钮设计"剪切"子菜单。在"标题"文本框中输入"剪切"；"名称"文本框输入"editcut"；"快捷键"文本框下拉列表框中选择"Ctrl+X"；"有效"、"可见"复选框设置为选中状态。

第五步：依照第四步分别设计"复制"及"粘贴"子菜单。

其中，在"粘贴"子菜单中"复选"复选框设置为选中状态。"有效"复选框设置为未选中状态。

第六步："格式"菜单及其下拉菜单的设计同顶级菜单及子菜单的设置。

第七步：添加"分隔线"，只需在标题栏输入"-"，其他设置同上。

第八步：使用菜单编辑器，最终设计如图 9-10 所示。

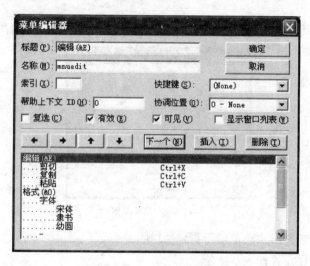

图 9-10 设计菜单编辑器窗口

第九步：编写各菜单的事件代码。

```
Private Sub f11_Click()      '单击"格式"——"字体"——"宋体"时执行的代码
    Text1.FontName="宋体"
End Sub

Private Sub f12_Click()      '单击"格式"——"字体"——"隶书"时执行的代码
    Text1.FontName="隶书"
End Sub

Private Sub f13_Click()      '单击"格式"——"字体"——"幼圆"时执行的代码
    Text1.FontName="幼圆"
End Sub

Private Sub f21_Click()      '单击"格式"——"颜色"——"红色"时执行的代码
    Text1.ForeColor=QBColor(12)
End Sub

Private Sub f22_Click()      '单击"格式"——"颜色"——"蓝色"时执行的代码
    Text1.ForeColor=QBColor(9)
End Sub

Private Sub f23_Click()      '单击"格式"——"颜色"——"黄色"时执行的代码
    Text1.ForeColor=QBColor(14)
End Sub
```

第十步：保存并运行。

任务二：弹出式菜单设计

【实验目的】

1. 掌握 Visual Basic 中弹出式菜单的设计方法。
2. 掌握 Visual Basic 中菜单事件的编程方法。

【实验内容】

1. 设计一个如图 9-11 所示的弹出式菜单，用以改变文本框中字体的属性。

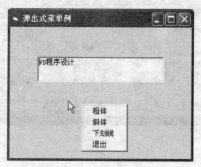

图 9-11　窗体界面窗口

2. 编写代码实现各弹出式菜单项所指定的功能。
3. 窗体中控件属性设置如表 9-4 所示。

表 9-4　窗体中各控件属性设置

对　　象	标题 Caption	名称 Name	可 见 性
窗体	弹出式菜单例		
顶级菜单	字体格式化	popFormat	False
一级子菜单	粗体	popBold	True
	斜体	popItalic	True
	下画线	popUnder	True
	退出	quit	True

【实验步骤】

第一步：创建如图 9-11 所示的窗体。

第二步：从"工具"菜单中，选择"菜单编辑器"命令，进入菜单设计窗口。

第三步："字体格式化"顶级菜单的设置。

在"菜单编辑器"窗口的"标题"文本框中输入"字体格式化"；"名称"文本框输入 popFormat；"有效"复选框设置为选中状态；"可见"复选框设置为未选中状态。

第四步："粗体"菜单的设置。

单击"下一个"按钮及 ▣ 按钮设计"粗体"弹出式菜单。在"标题"文本框中输入"粗体"；"名称"文本框输入"popBold"；"有效"、"可见"复选框设置为选中状态。

第五步：其余各项弹出式菜单的设置方法同第四步，属性设置如表 9-4 所示。

第六步：使用菜单编辑器，最终设计如图 9-12 所示。

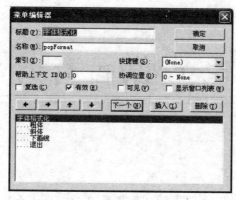

图 9-12　设计菜单编辑器窗口

第七步： 编写窗体的 MouseDown 事件代码。

```
Private Sub Form_MouseDown(Button As Integer, Shift As Integer, X As Single,
Y As Single)
    If Button=2 Then
        PopupMenu popFormat
    End If
End Sub
```

第八步： 编写窗体的 Load 事件代码。

```
Private Sub Form_Load()
    Text1.Text="VB 程序设计"
End Sub
```

第九步： 编写各菜单项的代码。

```
Private Sub popBold_Click()          '单击——"粗体"时执行的代码
    Text1.FontBold=True
End Sub


Private Sub popItalic_Click()        '单击——"斜体"时执行的代码
    Text1.FontItalic=True
End Sub


Private Sub popUnder_Click()         '单击——"下画线"时执行的代码
    Text1.FontUnderline=True
End Sub


Private Sub quit_Click()             '单击——"退出"时执行的代码
    End
End Sub
```

第十步： 保存并运行。

第 *10* 章 | 多文档界面（MDI）窗体

多文档界面（MDI，Multiple Document Interface）是指在一个父窗体中可以同时打开多个子窗体，并可在不同窗体间进行切换。多文档界面（MDI）在运行时有以下几个特征：

（1）所有的子窗体都显示在 MDI 窗体之中，子窗体可以改变大小或进行移动，但被限制在 MDI 窗体之中。

（2）当子窗体最小化时，它的标题显示在 MDI 窗体内，而不是在 Windows 任务栏上。

（3）当子窗体最大化时，它的标题和 MDI 窗体标题组合在一起，并显示在 MDI 窗体的标题栏上。

（4）活动子窗体的菜单显示在 MDI 窗体菜单栏中，而不是显示在子窗体中。

（5）通过设定 AutoShowChildren 属性，子窗体可以在窗体加载时自动显示（True）或自动隐藏（False）。

10.1 知 识 要 点

1. 多文档界面（MDI）的概念

用户界面的样式主要分单文档界面（SDI）和多文档界面（MDI）两种。SDI 界面的一个实例就是 Microsoft Windows 中的记事本（NotePad）应用程序。在 NotePad 中，只能打开一个文档，想要打开另一个文档，必须先关上已打开的文档。

多文档界面允许同时打开多个文档，每一个文档都显示在自己的被称为子窗口的窗口中。Windows 下的绝大多数应用程序都是多文档界面，比如 Microsoft Excel 和 Microsoft Word 等都是多文档界面。多文档界面由父窗口和子窗口组成，一个父窗口可包含多个子窗口，子窗口最小化后将以图标形式出现在父窗口中，而不会出现在 Windows 的任务栏中。当最小化父窗口时，所有的子窗口也被最小化，只有父窗口的图标出现在任务栏中。在 Visual Basic 中，父窗口就是 MDI 窗体，子窗口是指 MDIChild 属性为 True 的普通窗体。

2. MDI 窗体和子窗体

建立一个 MDI 窗体的操作步骤如下：

第一步：选择"工程"→"添加 MDI 窗体"命令，弹出"添加 MDI 窗体"对话框。

第二步：在对话框中选择"新建 MDI 窗体"或"现存"的 MDI 窗体。

第三步：再单击"打开"按钮。

注意：一个应用程序只能有一个 MDI 窗体，但是可以有多个 MDI 子窗体。如果 MDI 子窗体有菜单，该 MDI 子窗体为活动窗体时，子窗体的菜单将自动取代 MDI 窗体的菜单。

MDI 子窗体是一个 MDIChild 属性为 True 的普通窗体。因此，要创建一个 MDI 子窗体，应先创建一个新的普通窗体，然后将它的 MDIChild 属性值设置为 True。Visual Basic 在"工程资源管理"窗口中为 MDI 窗体与 MDI 子窗体显示了特定的图标，如图 10-1 所示。MDI 子窗体的设计与 MDI 窗体无关，但在运行时总是包含在 MDIForm 中。

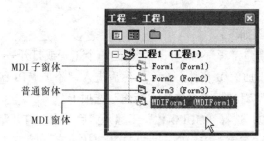

图 10-1　MDI 窗体和 MDI 子窗体的图标

3．MDI 窗体的属性、方法与事件

（1）属性

ActiveForm 属性：返回活动的 MDI 子窗体对象。多个 MDI 子窗体在同一时刻只能有一个处于活动状态（具有焦点）。

ActiveControl 属性：返回活动的 MDI 子窗体上拥有焦点的控件。

AutoShowChild 属性：返回或设置一个逻辑值，决定在加载 MDI 子窗体时是否自动显示该子窗体，默认为 True（自动显示）。

（2）方法

Arrange 方法：用于重新排列 MDI 窗体中的子窗体或子窗体的图标，语法格式是：

MDI 窗体名. Arrange 排列方式

其中，排列方式如表 10-1 所示。

表 10-1　排列方式

常　数	值	说　明
vbCascade	0	层叠所有非最小化 MDI 子窗体
vbTileHorizontal	1	水平平铺所有非最小化 MDI 子窗体
vbTileVertical	2	垂直平铺所有非最小化 MDI 子窗体
vbArrangdcons	3	重排最小化 MDI 子窗体的图标

（3）事件

QueryUnload 事件：当关闭一个 MDI 窗体时，QueryUnload 事件首先在 MDI 窗体发生，然后在所有 MDI 子窗体中发生。如果没有窗体取消 QueryUnload 事件，那么先卸载所有子窗体，最后再卸载 MDI 窗体。QueryUnload 事件过程声明形式如下：

```
Private Sub FormQueryUnload(Cancel As Integer, UnloadMode As Integer)
```

此事件的典型应用是在关闭一个应用程序之前，确认包含在该应用程序中的窗体中是否有未完成的任务。如果还有未完成的任务，可将 QueryUnload 事件过程中的 Cancel 参数设置为 True 来阻止关闭过程。

10.2　习题解答与习题扩充

【10-1】阐述创建多文档应用程序的步骤。

【解】

创建 MDI 窗体的一般操作步骤如下：

第一步：选择"文件"→"新建工程"命令，然后创建一个工程或打开一个已有的工程。

第二步：选择"工程"→"添加 MDI 窗体"命令，然后进入"添加 MDI 窗体"对话框。

第三步：在"添加 MDI 窗体"对话框中，选择"新建"选项卡。

第四步：在"新建"选项卡中，选择"MDI 窗体"图标，然后单击"打开"按钮，即可在指定工程中创建一个 MDI 窗体类型的名字为 MDIForm1 的 MDI 窗体。

【10-2】多文档窗体中的子窗体可以有什么排列方式？如何设定？

【解】

NDI 窗体中的子窗体可以有层叠、水平平铺、垂直平铺、最小化图标等排列方式，排列方式是通过 NDI 窗体的 Arrange 方法来设定的。

【10-3】将【操作实例 10-2】创建多文档窗体的操作过程在计算机上做一遍。

【解】

创建多文档窗体的操作步骤如下：

第一步：建立 MDI 窗体。

第二步：建立子窗体。

第三步：指定启动窗体。

第四步：设置 MDI 窗体的控制区。

第五步：建立"排列"和"退出"命令按钮。

第六步：编写相应控件的程序代码。

第七步：调试、运行程序及保存文件。

10.3　上 机 实 验

【实验目的】

熟悉多文档界面的设计方法。

【实验内容】

设计一个多文档编辑器，菜单栏包括"文件"和"编辑"菜单。执行"文件"菜单下的有关命令，能够同时打开和保存多个文档。执行"编辑"菜单下的有关命令，能够在各个文档之间进行文本的剪切和复制。

【实验步骤】

第一步：新建一个标准 EXE 工程。

第二步：选择"工程"→"添加 MDI 窗体"菜单命令，创建 MDI 窗体，命名为 MDlfrmMain，窗体标题为"多文档编辑器"。

第三步：打开菜单编辑器设计如图 10-2、图 10-3 所示的菜单。

图 10-2 "文件"菜单

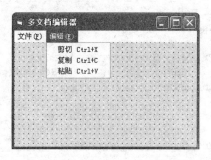

图 10-3 "编辑"菜单

第四步：如表 10-2 所示，设置各子菜单项的属性。

表 10-2　各子菜单项属性设置

名　称	标　题	快　捷　键
mnuNew	新建	Ctrl+N
mnuOpen	打开	Ctrl+O
mnuClose	关闭	无
mnuSave	保存	Ctrl + S
mnuExit	退出	无
mnuCut	剪切	Ctrl + X
mnuCopy	复制	Ctrl + C
mnuPaste	粘贴	Ctrl + V

第五步：在 MDlfrmMain 窗体上添加一个通用对话框控件，命名为 CommonDialogl。

第六步：设计 MDI 子窗体。

（1）选择"工程"→"添加窗体"命令，建立 Form1 窗体，窗体标题为"文档 1"，将 MDIChild 属性设置为 True，使其成为 MDI 子窗体。同时将其命名为 FrmMDIChild。

（2）在 frmMDIChild 窗体上添加一个文本框，命名为 TxtDoc，清空其内容，并设置 MultiLine 属性为 True、ScrollBars 属性为 3_Both，为其加上水平垂直滚动条。

注意：虽然没有将 MDlfrmMain 窗体设为启动对象，但启动工程时仍可自动打开它。因为，如果 MDI 子窗体在其父窗体装入之前被引用，则其 MDI 父窗体将被自动装入。反之，如果 MDI 父窗体在 MDI 子窗体装入前被引用，子窗体并不被装入。

第七步：编写程序代码。

编写 frmMDIChild 窗体的参考代码如下：

```
Public Dirty As Boolean          '定义全局变量 Diry 用于记录文本框内容是否被修改

'卸载窗体前的处理过程
Private Sub Form_QueryUnload(Cancel As Integer, UnloadMode As Integer)
    If Dirty Then
        i=MsgBox("文档内容已修改，是否不保存直接关闭",
        _
            vbExclamation + vbYesNo, Me.Caption)
        If i=vbNo Then Cancel=True          '停止卸载
    End If
End Sub

Private Sub Form_Resize()                    '改变窗体大小时，文本框大小也自动改变
    TxtDoc.Move 0, 0, MeScaleWigth, Me.ScaleHeight
End Sub

Private Sub TxtDoc_Change()
    Dirty=True                               '文本框内容被修改后 Dirty 置为 True
End Sub
```

编写 MDIformMain 窗体的参考代码如下：

```
'以 frmMDIChild $体为模板定义两个大小可调的对象数组 NewDoc 和 OpenDoc，分别用来存放
'新建的 MDI 子窗体对象和显示打开文件内容"的 MDI 子窗体对象。
Dim NewDoc() As New FrmMDIChild
Dim OpenDoc() As New FrmMDIChild

Private Sub mnuNew_Click()              '"新建"菜单的单击事件过程
    Static n As Integer                 '记录新建 MDI 子窗体数量
    n=n + 1
    ReDim Preserve NewDoc(1 To n)
    NewDoc(n).Caption="文档" & n + 1
 End Sub

Private Sub mnuOpen_Click()             '"打开"菜单的单击事件过程
    On Error GoTo Erropen               '防止单击通用对话框的"取消"按钮时出错
    Dim number As Integer               '记录打开文件所用的文件号
    Dim s As String                     '记录已从文件中读出字符
    Static n As Integer                 '记录显示打开文件内容的 MDI 子窗体数量
    '初始化通过对话框控件
    CornmonDialog1.Fliter="文本文件|*.txt| 所有文件*.*"
    CommonDialog1.FilterIndex=1
    CommonDlalog1.ShowOpen
    '打开所选择的文件
    number=FreeFile
    Open CommonDialog1.FileName For Input As #numbern
    n=n + 1
    ReDim Preserve OpenDoc(1 To n)
    OpenDoc(n).Caption=CommonDlalog1.FileName
    '在活动 MDI 子窗体的文本框中显示文件内容
    Do While Not EOF(number)
    s=s + Input(1, number)
```

```
      Loop
      MDIfrmMain.ActiveForm.ActiveControl1=s
      Close #number
     '刚打开文件时认为文本框内容并未被修改
      MDlfrmMain.ActiveForm.Dirty=False
      Exit Sub
      Erropen:   MsgBox "无法打开指定文件，请检查文件名与路径！", vbCritical
End Sub


Private Sub mnuClose_Click()              '"关闭"菜单的单击事件过程
    Unload MDlfrlMaln.Activehrm
End Sub


Private Sub mnuSave_Click()               '"保存"菜单的单击事件过程
   On Error GoTo ErrSave                  '防止单击通过对话框的"取消"按钮时出错
   Dim number As Integer
   '初始化通过对话框控件
   CommonDialog1.FileName=MDIfrmMain.ActiveForm.Caption
   CommonDialog1.DefaultExt="txt"
   CommonDialog1.Filter="文本文件|*.txt|所有文件|*.*"
   CommonDialog1.FilterIdex=1
   CommonDialogl.ShowSave
   '写文件
   number=FreeFile
   Open CommonDialog1.FileName For Output As #number
   Print #number, MDIfrmMain.ActiveFrom.ActiveControl
   Close #number
  '保存后文件，认为文本框内容未被修改
   MDIfrmMain , ActiveForm.Dirty=Palse
   Exit Sub
   ErrSave:  MsgBox "无法打开指定文件，请检查文件名与路径！", vbCritical
End Sub


Private Sub mnuExit_Click()               '"退出"菜单的单击事件过程
    Unload Me
End Sub


Private Sub mnuCut_Click()                    '"剪切"菜单的单击事件过程
    Clipboard.SetText MDlfrmMaln.ActiveForm.ActiveControl.SelText
    MDIfrmMain.ActiveForm.ActiveControl.SelText=""
End Sub


Private Sub mnuCopy_Click()                   '"复制"菜单的单击事件过程
    Clipboard.SetText MDIfrmMain.ActiveForm.ActiveControl.SelText
End Sub


Private Sub mnuPaste_Click()              '"粘贴"菜单的单击事件过程
    MDIfrmMain.ActiveForm.ActiveControl.SelText=Clipboard.GctText()
End Sub
```

　　第八步：将 **MDfrmMain** 窗体以"上机操作 10-1-1.frm"为文件名，**frmMDChild** 窗体以"上机操作 10-1-2.frm"为文件名，工程以"上机操作 10-1.vbp"为文件名保存在 C 盘的"VB98"文件夹中。

第 **11** 章 | 在应用程序中插入 OLE 对象

OLE 的含义就是对象的链接与嵌入（Object Linking and Embedding），它的作用是将其他应用程序的对象链接或嵌入到 Visual Basic 应用程序中。

11.1 知 识 要 点

11.1.1 概念

1．链接与嵌入

OLE 控制的对象有两种：一种是链接式的；另一种是嵌入式的。

链接（Linking）可让用户在一个程序中使用另一个程序里的数据。数据作为一个独立的文件存在硬盘上，以通常的原始格式存放。这对于其他软件的读取、编辑是有利的。当创建链接对象时，即将一个对象和一个相应文件建立了链接。但一个文件可跟几个对象建立链接。反过来说，可能有几个对象跟一个文件建立了链接。换句话说，这几个对象会因此带有互连性，一个对象的变化，将会引起其他几个对象的同步性改变；修改数据只需在产生对象的某一个软件中进行。

嵌入（Embedding）则使用户在某一个软件中能完全控制数据。其他软件绝不能直接存取信息。一个嵌入式对象只能被一个程序所操作、控制。目标文本对嵌入对象是独占性的，这一点与链接对象不同。

2．链接与嵌入的区别

链接对象与嵌入对象的主要区别是：对于嵌入对象，嵌入将对象本身插入，相关的数据包含在 OLE 控件中；对于链接对象，链接将对象的"指针"插入，相关的数据存储在 OLE 控件之外。

3．使用 OLE 插入对象

（1）首先准备好一个 Excel 工作表作为嵌入到 OLE 控件的对象。

（2）启动 Visual Basic 并在窗体上添加一个 OLE 控件。

（3）如果是嵌入一个事先建立好的文档，就在弹出的"插入对象"对话框中选择"从文件创建"选项，然后单击"浏览"按钮，在"浏览"对话框中选择要插入的文件，单击"打开"按钮返回"插入对象"对话框。这时单击"确定"按钮就会在窗体上插入一个嵌入对象。如果在单击"确定"按钮之前选中了"链接"复选框，这时就插入了一个链接对象。

11.1.2　创建与编辑 OLE 对象

1. 在运行时创建 OLE 对象

要在运行时创建链接或嵌入对象，需要在程序代码中使用 OLE 控件的方法和属性。根据具体问题的要求，设置用户界面，设置界面上各控件的属性值，编写事件过程代码，运行调试程序。

2. 如何编辑 OLE 对象

不论在设计时还是运行时，都可以对 OLE 对象进行编辑。

在设计阶段，若要编辑 OLE 对象，在用户界面的 OLE 控件上单击鼠标右键，弹出快捷菜单如图 11-1 所示，可以对 OLE 进行编辑。

图 11-1　快捷菜单

11.2　习题解答与习题扩充

【11-1】用 Excel 创建两个.xls 文件，一个文件为 Excel 图表文件，一个基于前一个图表的饼图，如图 11-2 所示。

	A	B	C	D	E	F	G
1		销售额	占总销售额的%				
2	东南公司	20564	15%				
3	西北公司	26854	20%				
4	华东公司	37614	28%				
5	华北公司	49513	37%				
6	销售总额	134545					
7							
8							

图 11-2　习题 11-1 图示

进入 Visual Basic 设计环境，在窗体上添加 2 个 OLE 控件，控件的名称属性值分别为 OLE1 和 OLE2，将事先创建好的两个.xls 文件分别链接或嵌入到 OLE1 和 OLE2 中。运行程序对它们进行修改，观察两个对象的变化。

【解】根据题意，已经事先准备好了一个.xls 文件，一个文件为 Excel 图表文件。以备嵌入和链接使用，然后按以下步骤操作：

第一步：启动 Visual Basic 并在 1 号窗体上添加一个 OLE 控件。右击此 OLE 控件，弹出快捷菜单，选择其中的“插入对象”命令，打开“插入对象”对话框，选择“由文件创建”复选框。单击“浏览”按钮，弹出“浏览”对话框，在“浏览”对话框中选择要插入的.xls 文件，单击“打开”按钮返回“插入对象”对话框，单击“确定”按钮，OLE 对象.xls 文件就嵌入到 OLE 控件之中了，如图 11-3 所示。

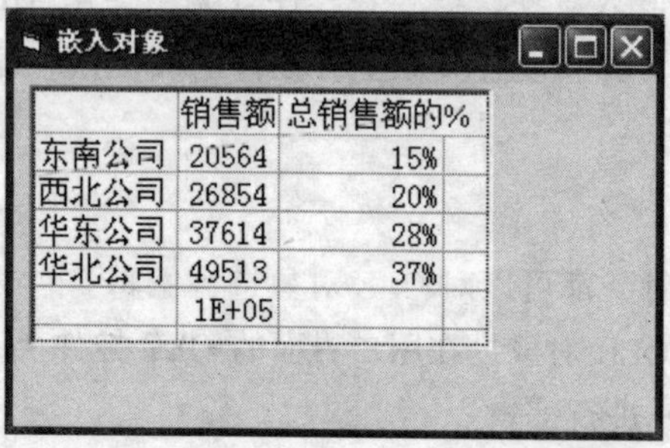

嵌入对象
销售额
总销售额的%
东南公司 20564 15%
西北公司 26854 20%
华东公司 37614 28%
华北公司 49513 37%
1E+05

图 11-3　嵌入到 OLE 控件中的.xls 文件

第二步：在 Visual Basic 主窗口选择“工程”菜单→“添加窗体”命令，添加 2 号窗体，在 2 号窗体上添加一个 OLE 控件。

右击此 OLE 控件，弹出快捷菜单，选择其中的“插入对象”命令，打开“插入对象”对话框，选择“由文件创建”复选框。单击“浏览”按钮，弹出“浏览”对话框，在“浏览”对话框中选择要插入的“图表”文件，单击“打开”按钮返回“插入对象”对话框，再选择“链接”复选框，最后单击“确定”按钮，OLE 对象“图表”文件就被链接到 OLE 控件之中了，如图 11-4 所示。

链接对象
销售额
东南公司
西北公司
华东公司
华北公司

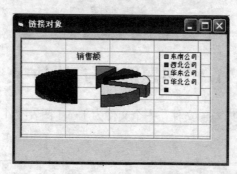

图 11-4　链接到 OLE 控件中的图表文件

11.3　上 机 实 验

【实验目的】

熟悉在 OLE 控件中嵌入位图图片的操作。

【实验内容】

在 Visual Basic 窗体上添加 1 号和 2 号两个 OLE 控件，并在 1 号和 2 号 OLE 中嵌入事先已准备好的两幅“大自然的鬼斧神工”位图图片。

【实验步骤】

具体操作步骤如下：

第一步：首先可以使用"画图"将图片保存或转存为"大自然的鬼斧神工 1.bmp"和"大自然的鬼斧神工 2.bmp"以备嵌入使用。

第二步：启动 Visual Basic 并在窗体上先添加 1 号 OLE 控件。此时，窗体上就会自动弹出一个"插入对象"对话框，如图 11-5 所示。用户就是使用这个对话框来嵌入对象的。

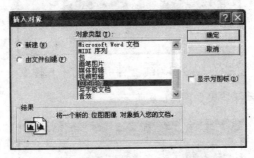

图 11-5　在"插入对象"对话框中选择"位图图像"对象类型

第三步：在"插入对象"对话框的"对象类型"列表框中，选择"位图图像"类型。单击"由文件创建"单选按钮，"插入对象"对话框成为如图 11-6 显示的画面。

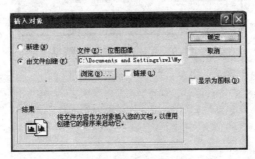

图 11-6　单击"由文件创建"单选按钮后的"插入对象"对话框

第四步：在图 11-6 显示的"插入对象"对话框中，单击"浏览"按钮，打开"浏览"对话框，在"浏览"对话框中选择好要插入的位图图像文件"大自然的鬼斧神工 1.bmp"，然后单击"打开"按钮返回"插入对象"对话框。单击"确定"按钮，"大自然的鬼斧神工 1.bmp"就成为一个嵌入对象插入到了 1 号 OLE 控件中。此时在窗体中，显示的画面如图 11-7 所示。

图 11-7　1 号 OLE 控件中嵌入了位图图像

第五步：在窗体上添加 2 号 OLE 控件后，完全按照第二步~第四步的操作将"大自然的鬼斧神工 2.bmp"嵌入到 2 号 OLE 控件中，如图 11-8 所示。

图 11-8 2 号 OLE 控件中嵌入了位图图像

第六步：运行程序，运行结果如图 11-9 所示。

图 11-9 程序最后的运行结果